KB097183

커피 한 잔으로 떠나는 세계 여행

나는 커피를 마시며 세상을 배운다

커피 한 잔으로 떠나는 세계 여행

장상인 지음

이른아침

여행은 단순한 구경이 아니라 배움이자 비즈니스를 위한 초석이다.

그런데 코로나19로 여행길이 막히고 말았다.

여권은 장롱 속에서 잠자는 운전 면허증 신세다.

사람들의 공허한 마음을 달래기 위해

그동안 발품을 팔았던 나의 여행기를 한 권의 책으로 묶었다.

들어가는 글

'코로나 블루(Blue)'·'코로나 레드(Red)'라는 말이 이제는 그다지 낯설지 않다. 걱정스러운 것은 '코로나로 인한 우울증'으로 극단적 선택을 하는 사람들이 점점 늘어나는 것이다. '사회적 거리두기'와 '자가 격리'를 넘어 '사회적 고립'이 되기 때문이다. 우리는 이 문제를 어떻게 해결해야 할까.

전 세계가 코로나19로 해외는 물론 국내여행조차 쉽게 떠나지 못할 정도로 발이 묶였다. 하지만 인류는 '답을 찾을 것이다. 늘 그랬듯이.' 최근 주목받는 대안 중 하나는 '가상여행'이다. 지난 7월 대만 타이베이 쑹산공항에는 한 무리의 여행객들이 항공권을 들고 몰려들었다. 실제로 발권도 하고 여객기에 탑승까지 했다. 여행객들은 공항에서 이륙한 여객기가 대만 동부 해안을 지나 남중국해 상공을 거쳐 다시 출발한 공항으로 돌아오기까지 기내에서 여행 기분을 만끽했다.

《주간경향》 1401호에 실린 〈6만 원으로 떠나는 '가상 세계 여행'〉 기사의 일부이다. 사람들의 여행 허기를 달래주는 기발한 아이디어를 읽고 눈이 번쩍 뜨였다. '알랭 드 보통(Alain de Botton)'은 《여행의 기술》에서 여행의 의미를 다음과 같이 정의했다.

여행은 그 일의 역동성을 그 어떤 활동보다 풍부하게 드러내 준다. … 여행은 일과 생존투쟁의 제약을 받지 않는 삶이 어떤 것인지를 보여준다.

코로나19는 온 인류를 보이지 않는 밧줄로 꽁꽁 묶어버렸다. 여행의 역동성과 설렘을 송두리째 빼앗아 버린 것이다. 어디든 떠나고자 마음먹으면 쉽게 떠날 수 있던 시기가 그립지만, 그럴 수 없다면 가상 여행을 떠나는 것이 좋은 대안 아닐까.

신간《커피 한 잔으로 떠나는 세계 여행》은 내가 직접 탐방했던 파푸아뉴기니의 커피 농장과 일본의 커피와 맛에 대한 내용이 주를 이룬다. 그리고 형제의 나라로 일컫는 터키의 전통과 멋을 일부 다뤘다. 또한 왕복 50여 시간이 걸리는 남미의 파라과이와 이구아수 폭포(Iguazu Falls)에 대한 내용을 양념으로 섞었다. 이집트에서는 피라미드와 스핑크스의 아름다움과 신비로움에 취해 입을 다물지 못한 동시에 극심한 교통지옥을 맛봐야 했던 경험을 풀어보았다. 독자들이 나와 함께 여행을 떠난 것처럼 이 책을 읽어주길 바라면서 여행기를 썼다.

커피 전문 용어로 '블렌딩(Blending)'이 있다. 각기 다른 품종의 원두를 혼합하고 볶아서 커피의 좋은 맛과 향을 추출하는 방법이다. 신맛이 강한 원두와 쓴맛이 강한 원두를 2~5종 섞어서 감칠맛 나는 커피를 만들어내는 것이다. 하지만 블렌딩이 잘못되면 커피의 맛을 송두리째 망쳐버린다. 인생사도 마찬가지다. 사람이 살아가는데 있어서도 혼자서는 답이 없다. 주변 사람들과 잘 섞이어야 한다. 그런데 요즈음 우리의 정치권을 보면 블렌딩이 잘 안 되는 것 같아 안타깝다.

이제 독자 여러분과 함께 훌쩍 여행을 떠나려 한다. 프랑스의 'M. H. 콜렛'이 반주하는 〈커피〉 노래를 들으면서.

당신 마음이 평온하다면
나날이 번영하겠죠.
일주일 내내 하루도 빠짐없이
커피를 잔에 담아 마셔 보세요.
각종 질병을 막을 수 있답니다.
편두통과 무시무시한 코감기 따위야, 하하!
감기로 인한 나른함, 무기력도 안녕!

2020년 11월
여의도에서 장상인

목 차

제 1 편

파푸아뉴기니에 커피가 난다?

1

커피 기행은 마시는 것 이상으로 행복을 안겨주었다. 커피와 원주민들의 관계가 곧 삶이라는 것을 직접 보고 느낄 수 있었기 때문이었다. 나는 커피 농장 탐방 소개에 앞서 커피의 전설부터 시작하려 한다. 많은 사람들이 알고 있는 내용이지만 말이다.

커피의 기원에 관한 압도적 지지를 받는 전설의 주인공은 에티오피아의 소년 목동이다. 어느 날 목동은 숨을 헉헉 몰아쉬면서 아라비아에서 온 수도원 원장에게 말했다.

"원장님! 평소에 얌전히 풀을 뜯던 염소들이 목장 근처의 산에서 어떤 열매를 먹은 뒤부터 길길이 날뛰고 있습니다."
"뭐라고? 염소들이 날뛴다고? 무슨 독성이 있는 열매를 따먹은 거 아닌가?"

"그렇지는 않습니다. 길길이 뛰기만 했지, 모두 생생합니다."

"그래? 같이 가보자."

수도원장은 '칼디(Kaldi)'라는 이름을 가진 목동이 지칭하는 그 열매의 효능을 직접 시험해 보았다. 요즘 말로는 검증도 안 된 상태에서 대책 없이 임상 실험을 한 것이다.

"야! 희한한 일이야. 나도 활력이 넘쳐!"

수도원 사람들이 너도나도 그 열매를 따서 먹자 같은 반응이 나왔다.

"신비로운 열매야! 정말 놀라워!"

수도원을 진원지로 이러한 이야기가 삽시간에 각 지역에 퍼졌다. 난리법석. 그 열매 구하려고 사람들이 구름떼처럼 몰려들었던 것이다.

탐스럽게 익은 커피 열매

850년 경 아프리카 에티오피아의 산 속에서 목동 칼디에 의해 발견된 커피는 이러한 전설과 함께 전 세계를 누비고 있다. 그런데 이 전설에 태클을 건 사람이 있다. 우크라이나의 커피 업자 '세지 레미(Serge Remy)'가 쓴 《커피의 비밀》(김수자 옮김)을 통해서 알아본다. 그는 오랫동안 이탈리아에서 공부했던 언어학자이자 번역가로 커피에 대한 문헌을 뒤지면서 진화된 칼디의 전설을 제시했다. 세지 레미는 목동 칼디가 마냥 소년으로 묘사되는 것에 불만을 표했다. 칼디를 아내가 있는 유부남 목동이라고 판단한 것이다.

목동 칼디는 염소들이 먹고 날뛰던 열매를 따서 집으로 가져갔다. 아내가 반긴다. 칼디의 말을 들은 아내는 차분하게 열매를 맛보고 이렇게 말한다.

"여보, 이건 신이 내린 선물이에요."
"그래? 신이 내린 선물?"
"그렇습니다. 수도원에 가서 원장님에게 확인해 보도록 하세요."

칼디는 신이 나서 수도원으로 달렸다. 하지만 원장의 반응은 별로였다.

"사탄의 물건이로다."

수도원장은 이 열매를 화롯불에 확 던져버렸다. 열매는 불속에서

온몸을 비틀었다. 열매가 새까맣게 타들어 가면서 놀라운 아로마
(aroma)를 뿜어냈다. 생전 처음 맡는 향에 놀란 수도승들은 새까맣
게 탄 열매를 화염 속에서 꺼내서 가루가 될 때까지 쪼개었다. 수
도승들은 열매의 가루를 단지에 차곡차곡 담아두었다. 그리고 가
루에 물을 부었다. 며칠 후 거기에서 우러나는 액체가 있었다. 수
도승 한 명이 우린 물을 맛보았다. 독실한 수도승이었던 그는 그
날 밤 잠을 이루지 못했다. 놀라운 일이었다. 수도승은 이 사실을
동료들에게 알렸다. 다른 수도승들도 마법의 물이 지닌 맛과 효과
를 인정하고 밤새도록 이 물을 마셨다. 밤샘 기도를 하는 사람들
에게 커피가 잠을 쫓는 신비한 열매로 각인되는 순간이었다.

또 다른 전설도 있다. 파리 국립 도서관(구 왕립 도서관)에 있
는 '압둘 카디르'의 《커피의 합법성의 옹호》라는 책에 들어 있
는 내용이다. 이 책은 1587년에 쓰였는데, 커피를 다룬 현존하
는 가장 오래된 문헌이기도 하다. 《커피의 합법성의 옹호》는
15~16세기의 이슬람권에서 커피의 확산과 박해에 대한 정보
를 담은 거의 유일한 원천이라는 의미에서도 중요하다. 이 책
에 등장하는 오마르(Omar) 전설의 전모를 밝혀본다. '윌리엄 H.
우커스(Willam H. Ukers)'의 《올 어바웃 커피》(박보경 옮김)를 빌어서
약간의 각색을 했다.

"그릇의 물이 잠잠해지는 그곳에서, 너는 거역할 수 없는 운명을
만나게 될 것이다."

모카의 수호신 '아불 하산 샤델리'가 제자 오마르의 꿈속에 나타나서 한 말이다.

"스승님! 어떻게 되셨나요? 돌아가신 줄 알았는데 살아 계셨군요."
"아니다. 난 사람이 아니라 유령이다."
"네? 알겠습니다. 뭐든지 스승님께서 분부하신 대로 따르겠습니다."

오마르는 스승의 말을 좇아 길을 나섰다. 그릇의 물이 잠잠해진 때는 예멘에 도착해서였다. 그런데 당시 아름다운 모카는 역병으로 수난을 당하고 있었다. 요즈음 같은 코로나19이었을 터. 오마르는 마호메트를 섬기는 충실한 수도자로서 환자들을 위해 기도를 올렸다. 그러자 많은 사람들이 치유되기 시작했다. 그러나 역병은 계속 확산됐고 불행하게도 모카 왕국의 공주마저 역병에 걸렸다. 왕은 금욕(禁慾)파 수도사인 오마르를 공주에게 데려갔다.

"오마르 수도사여! 공주의 병을 고쳐주게."
"네. 이토록 아름다운 공주님께서 몹쓸 역병에 걸리시다니요. 제가 공주님의 병을 치유하겠나이다."

오마르는 지극정성으로 기도했다. 며칠 후 공주의 병이 깨끗하게 나았다. 문제는 여기에서 시작됐다. 수도사가 본분을 잃고 욕심이 생겨서 공주를 납치하려는 음모를 꾸몄다. 왕이 모를 리 없었다. 결국 모카에서 쫓겨난 오마르는 에메랄드 산에 유배돼 동굴 속에서 약초로 연명해야 하는 신세로 전락했다.

"존경하는 샤델리 스승님! 그때 왜 제게 물그릇을 주셨나이까?"

역사는 고쳐지지 않고 반복되는 것일까. 자신의 과오보다는 스승을 원망하는 오마르의 울부짖음이 오늘날도 빈번하게 벌어지고 있으니…. 오마르의 울부짖음에 응답이 왔다. 어디선가 형언할 수 없는 아름다운 화음이 들려왔다. 그리고 아름다운 깃털을 가진 새한 마리가 나무위에 앉는 것을 봤다.

"참으로 아름다운 새로다."

새가 앉아 있는 나뭇가지 위에는 하얀 꽃과 열매뿐이었다. 오마르는 그 열매를 따서 맛을 봤다. 맛이 아주 좋았다. 오마르는 그 열매를 큰 주머니에 가득 담아 동굴로 돌아가서 약초 대신 그 열매를 달여 먹었다. 이것이 바로 맛 좋고 향기로운 음료, 커피의 기원

하얀 커피 꽃과 커피 열매

이다.

후일, 혐의를 벗은 오마르는 모카로 돌아가 커피의 효용을 사람들에게 전했다.

커피 전설의 공통점은 바로 종교와의 관계다. 커피는 먼저 이슬람이 관련돼 있고, 기독교에도 와인과 커피가 혼용돼 있다. 결국 커피는 각성 작용에 착안하여 음용되기 시작해서 일반적 음료로 번져나갔던 것이다.

이와 같은 전설을 안고 탄생해서 세계인의 기호음료가 된 커피. 커피와 나의 인연은 우리에게 생소한 나라 파푸아뉴기니의 커피 농장 탐방에서부터 시작되었다. 마치 전설처럼.

2

파푸아뉴기니(Papua New Guinea)는 호주 북쪽 바다에 떠 있는 뉴기니 섬과 뉴브리튼 섬, 부건빌 섬 등으로 이루어진 나라다. 인구가 895만여 명인 이 나라의 면적은 한반도의 2배나 된다. 파푸아(Papua)는 말레이어로 멜라네시아인들의 곱슬머리를 말하고, 뉴기니(New guinea)는 '아프리카 기니 만(灣) 연안의 주민과 비슷하게 생겼다'고 해서 붙여진 이름이다.

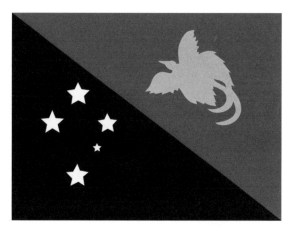

파푸아뉴기니 국기는 빨강과 검정 2개의 삼각형으로 구성돼 있다. 빨강 삼각형에는 국조인 극락조(極樂鳥)를 넣었고, 검정 삼각형에는 남십자자리 5개의 하얀 별을 새겼다. 일반적으로 극락조를 상상의 동물로 생각하기도 하나 파푸아뉴기니에는 이 새가 실제로 많다. 극락조의 특징은 수컷의 경우 화려한 깃이며, 유별스런 구애 몸짓이다. 새 스스로 나무 이파리를 잘라내고 무대를 만들어 다양한 동작으로 춤을 춘다.

파푸아뉴기니 사람들은 어떠할까. 축제나 행사 때 선보이는 몸치장이 극락조의 깃을 능가할 만큼 거창하다. 9월 16일은 파푸아뉴기니가 호주로부터 독립한 날이다. 이날을 기념하기 위해서 해마다 엘라 비치(Ela Beach) 해안의 야외 공연장에서 큰 잔치가 열린다. '히리 모알레(Hiri Moale)'라고 하는 유명 축제다. 전국 규모인 이 축제에서 우리나라의 미스 코리아 선발대회처럼 여왕을 뽑는다.

여왕의 패션은 상의 실종, 하의는 갈대 잎으로 살짝 가려진 상태라서 '아슬아슬하다'는 것이 현지 교민들의 전언이다. 여왕 선발에 있어서 유연한 몸놀림(춤 솜씨)이 높은 점수를 받으며, 다산(多産)의 상징인 풍만함에 가산점이 주어진다. 어쩌면 커피 생산을 위한 인력 확충 때문일지 모를 일이다.

이 나라 국토의 약 85%를 차지하는 뉴기니 섬에는 비스마르크 산맥의 줄기에 빌헬름(Wilheim)이라는 해발 4,509m의 높은 산이 우뚝 솟아 있다. 이 거대한 산을 중심으로 동쪽과 서쪽 지역에서 커피를 생산한다. 뉴아일랜드, 뉴브리튼, 부건빌 등 큰 섬은 산호초가 유명하다. 파푸아뉴기니는 열대지역권으로 몬순 기후에 속한다. 기온은 저지대와 해안의 경우 평균 27℃로 비교적 높고, 고지대는 서늘한 편이다. 강우량은 전 지역이 연간 1,500㎜를 넘는다. 해발 2,000m의 고산지대에서는 5, 6월에도 밤에 불을 지펴야 하고, 청명한 날씨가 순간적으로 돌변해 장대비를 쏟아 붓는다.

한국에서 파푸아뉴기니로 가려면 비행기로 홍콩·필리핀·인도네시아 등을 경유하거나, 일본을 거쳐야 한다. 그나마도 홍콩이나 동남아를 거치는 노선은 비행기 표 구하기가 하늘의 별따기다. 서울에서 출발하는 직항 노선은 아직 없다. 나는 일본 도쿄(東京)의 나리타공항을 거치는 노선을 택했다. 목적은 파푸아뉴기니의 커피 농장 취재를 위해서였다. 공항에서 8시간을 기다려야 했는데 그다지 지루하지 않았다. 커피에 대한 벼락치기 공부를 하기에 딱 좋은 나만의 시간이었기 때문이다. 드디어 출발할 시간이 되어 에어뉴기니 항공사의 비행기에 오르자 피부가 까만 곱슬머리의 스튜어디스가 나를 반갑게 맞이했다.

"저희 비행기의 탑승을 환영합니다."

하지만 평소 생각하던 스튜어디스의 모습과 너무나 달라서 놀랐다. 솔직히, 조금 무서웠다. 나는 그녀가 안내하는 대로 자리에 앉아서 고개도 들지 못하고 손에 들고 있던 책에만 몰두했다.

파푸아뉴기니에는 800여 개의 부족이 산다. 그중 식인종으로 지목되는 부족은 비아미 족이다. 파푸아뉴기니의 서쪽 지방에 사는 이 부족은 인구수가 4,000~5,000명으로 추신된다. 그동안 선교사들의 노력으로 식인 습관과 야만적인 관습을 버렸으며, 부족 중 많은 사람이 크리스천이 됐다. 파푸아뉴기니 인구 중 96%가 크리스천이라는 사실도 놀랍다. 식인종 나라라는 것은 흘러간 옛 이야기. 다만, 치안이 불안해 강도 등에 의한 피해가 여행의 걸림돌이다.

세계 20위권에 드는 커피를 생산하는 파푸아뉴기니는 1937

년 자메이카의 블루마운틴(Blue Mountain) 커피나무를 이식, 재배하기 시작해 오늘에 이르렀다. 커피나무를 최초로 이식한 지역은 마라와카, 맨야마, 오카파, 루파였다. 그중에서 품질 좋은 아라비카(Arabica) 종 티피카(Typica) 유기농 커피가 특히 유명하다.

맛 좋은 커피 한 잔을 마시며 느긋하게 등을 기대고 앉아 있노라면 당신은 그 깊은 향기와 맛에 흠뻑 빠져들 것이다. 당신은 그 커피의 느낌을 하나하나 온몸으로 음미하겠지만, 그 느낌은 커피의 겉모습일 뿐이다. 커피의 이면에는 수많은 문화와 관습, 환경과 정치가 거미줄처럼 얽힌 아주 복잡한 세계가 드리워져 있다. 세계화, 이주 여성 운동, 환경오염, 원주민 인권, 자결권 등 21세기를 지배하는 주요 이슈들이 커피 한 잔을 둘러싸고 역동적으로 전개된다.

변호사이며 시민운동가인 '딘 사이컨(Dean Cycon)'의 역작 《자바 트레커》(최성애 옮김)의 프롤로그다. 딘 사이컨은 미국 매사추세츠에 있는 유기농 커피 로스팅 회사 '딘스 번스'의 창립자이자 소유주이다. 그는 철저한 대안 무역의 원칙을 준수하며 세계 커피 생산자들과 수익을 공유하면서 지역개발은 물론 농부들의 협동조합 결성을 지원하고 있다. 그는 1987년부터 '자바 트레커(Java trekker)'의 길을 걸었다. '자바'란 커피가 많이 나오는 인도네시아 자바의 지명에서 따온 것이며, '트레커'란 길고 고된 여행을 하는 사람을 말한다. 우리네 인생처럼, 커피 생산지를 찾아 돌아다니는 '순례자'란 뜻이다.

평소 무심코 커피 향을 즐기기만 했지 커피 속에 담긴 가난한 원주민들의 생존을 위한 고난과 애환 등을 딱히 생각해본 적 없던 나는 커피 순례자 딘 사이컨의 《자바 트레커》를 읽고 큰 충격을 받았고, 세계 곳곳의 커피 농장을 찾아다니며 인간미 넘치는 대화를 주고받은 내용이 담긴 이 책에 푹 빠지게 되었다.

　　그래서 나에게는 파푸아뉴기니의 커피 농장 취재가 커피의 겉모습이 아닌 커피의 진실과 고난을 이해하는 배움의 길이기도 했다. 그동안 제법 많은 나라들을 돌아다녔으나 파푸아뉴기니는 처음이었기에 설렘의 농도가 더 짙었다.

　　"저희 비행기는 20분 후 국제공항 포트모르즈비에 도착합니다."

　　현지 시간 새벽 4시. 비행기는 나리타공항을 이륙한지 6시간 30여 분만에 착륙 준비를 했다. 신비의 세계를 향한 첫걸음이어서인지 심장의 고동이 비행기의 흔들림과 함께 쿵쿵 요동쳤다. 다행스럽게도 비행기가 사뿐히 내려앉았다. 나는 가슴을 쓸어내리면서 마중 나온 차를 타고 호텔로 갔다. 별다른 일정이 없기에 호텔에서만 머물렀다. 밖에 나가기엔 치안이 불안해서다. 설레는 마음을 안고 잠자리에 들었다가 아침이 되자 호텔의 셔틀버스를 이용해서 국내선 공항으로 나갔다. 국내선 공항은 각기 특이한 모습을 한 현지인들로 붐볐다.

3

나의 목적지는 커피 농장과 공장이 많은 고로카(Goroka). 비행기는 40인승 정도의 프로펠러 경비행기였다. 막상 비행기에 오르자 승객은 30명에 불과했다. 승무원이 문을 닫자 비행기가 활주로를 박차고 이륙했다.

세계에서 두 번째로 큰 섬의 광활한 대자연 속에 내던져진 기분이었다. 뭉게구름과 새털구름 아래로 내려다보이는 초원은 뱀처럼 구부러진 강줄기만 보일뿐 상처 하나 없는 원시 그 자체였다. 비행기는 산 중턱에서 한바탕 요동을 치더니 1시간 만에 파푸아뉴기니 동하이랜드 주(州)의 수도인 고로카에 무사히 도착했다.

파푸아뉴기니는 비옥한 땅을 가지고 있는 나라다. 흙에 씨 하나를 떨어뜨려 놓으면 저절로 녹색 이파리가 달린 식물이 생겨난다. 그래서일까? 파푸아뉴기니 커피는 야생의 독특한 특성을 지니고 있다. 거대한 산을 중심으로 동쪽과 서쪽지역에서 커피가 생산된다. 대체로 애호가들이 즐겨 찾는 스페셜티(Specialty) 커피다.

인구 3만 명 남짓의 도시라고 했는데 막상 가보니 고로카는 도시라기보다는 작은 마을이었다. 형형색색의 옷을 입은 사람

농장에서 알알이 익어가는 커피체리들

들이 무리 지어 어딘가를 향해 하염없이 걸어가고 있었다. 남자들은 운동화를, 여자들은 발가락이 송두리째 드러난 슬리퍼를 주로 신었고, 아이들은 아예 맨발이었다.

고로카 지역은 산하가 아름답고 깨끗했다. 높은 산줄기를 타고 내려오는 계곡물과 하늘에서 쏟아지는 빗물을 그대로 마셔도 아무런 탈이 없단다. 특이한 점은 온 천지가 커피 농장이라는 것. 말 그대로 '커피 천국'임을 눈으로 확인할 수 있었다.

우리는 이 땅의 사나이들

우리는 밭에 나가 커피를 따네.
이렇게 우리는 가족을 먹여 살린다네.
우리는 커피의 어머니들이라네.

커피 축제 때 남녀가 주고받는 커피 노래의 일부다. 가난한 파푸아뉴기니 사람에게는 커피가 중요한 생명의 열매다. 가족을 먹여 살리는 소중한 열매. 아뿔싸! 아쉽게도 고로카 지역의 커피 농장은 대부분 수확이 끝나 있었다. 그래도 하얀 커피 꽃과 붉은 커피 열매가 가지마다 대롱대롱 매달려 있었다.

나는 난생 처음 커피 농장을 방문했다는 그 자체에 들떴고 이 기회에 더 많은 것을 보고 싶었다. 다음 날 아침 일찍 일어나 수확이 한창인 동(東)하일랜드 카이난 지역의 하기 농장에 가 보기로 했다. 안내자는 쉬지 않고 고속도로를 달리면 두 시간 만에 주파할 수 있다고 말했다.

4

이 나라 유일의 고속도로인 2차선 도로는 고로카를 중심으로 마운트 하겐과 레이 항을 연결하는 물류의 중심축이다. 하지만 도로 곳곳은 상태가 그리 좋지 못했다. 폭우 탓에 간신히 한 가닥 숨을 이어가는 응급실의 중환자 같은 곳이 많았고, 계곡을

우리가 옛날 도로에서 벼를 말리던 것처럼 도로변에서 커피를 말리는 파푸아뉴기니 사람들

지날 때마다 맞닥뜨리는 교량은 겨우 차 한 대 지날 수 있는 외나무다리었다.

　동하일랜드의 헹가노피에 다다를 무렵, 많은 사람이 웅성거리는 것을 보고 호기심이 발동해 차를 세웠다. 원주민이 어떻게 사는지, 커피 열매는 어떻게 말리는지 직접 관찰해보고 싶었다. 도로 아래 계곡에서 커피콩을 씻는 사람들이 나뭇가지 사이로 보였다. 현지인들은 도로변 길바닥에서 커피콩, 즉 파치먼트(parchment)를 말리는 중이었다.

내가 "사진 촬영이 가능하냐?"고 묻자 "OK!" 리더 격인 나이 많은 사람의 명령에 "와" 하는 함성과 함께 사람들이 일제히 작업에 임했다. 불과 10분 만에 취재와 사진 촬영을 끝냈다. 그들은 모델료를 달라고 졸랐다. 안내자가 20키나(8,600원)를 기부(?)하고 에너지 넘치는 그들과 헤어졌다.

막상 헹가노피를 지날 때는 대낮인데도 긴장감이 감돌았다. 차가 다리를 건널 무렵 몇 사람이 차체에 발길질을 했다. 떼강도가 가장 많은 곳으로 소문 난 지역이라는 사실을 감지할 수 있었다.

"강도는 대부분 총을 들었습니다. M16 등 자동화기도 들었죠. 돈을 목적으로 하지만, 저항하다가 목숨을 잃는 경우도 있습니다."

현지인 안내자의 말에 등골이 오싹했다. 이 지역을 빨리 통과해야 하는데 차가 속도를 내지 못했다. 굽이굽이 산길과 만났기 때문이다. '바롤라'라는 산 정상에 올라 차를 멈추고 잠시 자연이 내뿜는 향기를 맛보았다. 경찰 초소가 있었으나 지키는 사람은 아무도 없었다. 사람의 발길이 좀처럼 닿지 않을 것 같은 높은 곳에도 움막 같은 집들이 곳곳에 숨어 있었다.

'하기' 농장의 주인인 '브르스'라는 사람과 마을 입구에서 만났다. 커피 농장으로 가는 길은 잘 다져놓은 듯했지만, 차는 창자가 뒤틀릴 정도로 뒤뚱거렸다. 농장에 도착하자 그동안의 고통이 눈 녹듯이 말끔하게 사라졌다. 빨갛게 농익은 커피체리가 아름다운 자태를 뽐내고 있었기 때문이다. 하기 농장에서는 주로 남자 인부들이 작업을 하고 있었다.

아버지에 이어 2대째 농장 주인인 브르스는 자신의 농장과 커피 맛을 자랑했다.

"저희 농장은 그리 크지 않습니다. 30ha(9만 평) 정도죠. 하지만 아라비카 종 티피카(블루마운틴)의 풍부한 아로마와 과육, 고급스러운 신맛과 부드러운 단맛이 조화를 이룬 점이 특징입니다. 달콤한 꽃향기의 후미(後味)에 반한 사람이 특히 저희 커피를 좋아합니다."

그러면서 그는 커피나무의 종류, 이파리 크기와 색깔, 줄기 형태, 커피 가공 작업 및 공정 등을 자세하게 설명했다.

"커피나무는 아열대 식물입니다. 1753년 스웨덴의 식물학자 린네(Linnaeus)는 이 식물을 다년생 상록 쌍떡잎이라고 분류했습니다."

그는 식물도감을 펼쳐서 읽는 듯이 이야기를 술술 풀어나갔다. 나는 열심히 수첩에 적었다. 그는 다시 말을 이어갔다.

커피체리를 수확하는 파푸아뉴기니 사람들

"커피나무는 심은 지 3년쯤 되면 하얀 꽃을 피우고, 꽃이 지
면 열매가 빨갛게 익어 갑니다. 이 열매를 체리라고 합니다."

이러한 커피체리는 농장에서 수확된 즉시 펄핑(pulping, 체리 껍질을 벗기는 작업) 장소로 옮겨진다.

수확한 커피체리 모으기

나도 덩달아 그들을 따라갔다. 반자동식 발전기가 꿀꺽꿀꺽 돌아가자 빨간색 체리 껍질과 끈적거리는 액체에 둘러싸인 파치먼트가 양 갈래로 쏟아져 나왔다. 내과피, 즉 커피 열매의 껍질이다. 커피체리가 제거된 파치먼트는 젖은 상태로 자루에 담겨 24시간 숙성시킨 후 건조장으로 이동한다.

순간, 농장 한쪽에서 건조 작업을 하던 인부들의 손놀림이 갑자기 빨라졌다. 푸른 하늘의 솜털 같은 뭉게구름이 먹구름으로 돌변했기 때문이다. 고산지대의 날씨는 정말 예측할 수 없었다. 장대비가 쏟아지자 인부들이 파치먼트 자루를 메고 혼비백산 움막으로 사라졌다. 참으로 의미 있는 커피농장 방문이었다.

농장 방문을 마치고 돌아오는 길에 고로카 시장에 들렀다. 고로카 시장은 남녀노소로 인산인해였다. 시장에는 이름 모를 과일과 온갖 채소, 그리고 생필품들이 즐비했다. 평일에는 1,500~2,000명, 주말에는 2,500~3,000명이 이곳에 운집한다고 했다.

장관인 것은 산더미처럼 쌓아놓은 커피(파

먹구름이 몰려오자 서두르는 인부들

치먼트)였다. 장터에서 파치먼트를 파는 사람은 소위 중간 상인들이다. 내가 용기를 내 인파 속으로 들어가 카메라를 들이대자 현지인들이 환호성을 지르며 일제히 몰려들었다. 나를 파치먼트 매입자로 착각하고 가격을 제시하는 사람도 있었다. 사진 찍히는 것을 좋아하는 것은 어른이나 아이나 차이가 없었다. 파치먼트 자루는 하얀색이었다. 하얀색 자루 더미에 높이 올라가 사진을 찍어달라는 사람도 있었다.

현지인들과 언어가 아닌 손짓으로 대화하는 동안 놀라운 것은 대부분의 사람들이 '입술은 물론 입안까지 온통 빨갛다'는 사실이었다. 이유인즉, 빈랑나무 열매인 '브아이' 때문이다. 파푸아뉴기니 사람들은 마약의 일종인 브아이를 습관적으로 껌처럼 씹는다. 빈랑나무는 중국 남부 및 동남아시아에서 자생한다. 이 나무의 열매가 '중독성 자극제를 함유하고 있다'는 것은 익히 알려져 있다.

안내자 '오왈에' 씨는 나를 브아이를 팔고 있는 알록달록 총천연색 복장의 여인에게 데려가서 전격적인 제안을 했다.

"이 열매 한번 씹어보실래요? 기분이 좋아집니다. 파푸아뉴기니에 오신 일 중 가장 추억에 남을 것입니다."

열매의 모양새는 대추야자 같았으나 도저히 용기가 나지 않았다.

항상 활기가 넘치는 중간 상인들

"사양하겠습니다. 그런 추억은 간직하지 않겠습니다."

손사래를 치는 나를 보고서 분위기를 감지한 현지인들은 박장대소. 파푸아뉴기니를 찾는 외국인들은 이러한 이유를 모른 채 브아이를 먹고 입안이 온통 빨간색인 그들을 인육(人肉)을 먹은 식인종으로 오해하기도 했다.

안내자는 나에게 "여기에 너무 오랫동안 머물지 말고 돌아가자"고 했다. 잘못하다가 카메라를 탈취당할 수 있다고. 나는 '설마?' 하면서도 불안감이 싹텄다.

여인들이 딴 '생명의 열매' 커피체리는 파치먼트 → 생두 → 원두의 과정을 거친다. 쌀과 비유하자면 벼 알의 상태가 파치먼트이고, 도정한 쌀이 생두이다. 현지 농부들이 마대에 짊어지고 읍내 장터로 팔러 나가는 것은 모두 파치먼트 형태이다. 차를 타고 지나다 보면 마을 어귀마다 파치먼트 자루가 세워져 있다. 지나가는 중간 상인들에게 팔기 위해서다. 이 중간 상인들은 마을을 돌며 파치먼트를 농민들로부터 싼 값으로 사서 장터에서 산처럼 쌓아놓고 값을 올려서 판매한다.

파푸아뉴기니 정부는 외국인들에게 생두(green bean) 상태에서만 매입하도록 법으로 정해놓고 있다. 즉, 벼가 아닌 쌀을 사라는 것이다. 이유는 무엇일까. 값을 더 받기 위해서다. 시대가 변해 커피 생산국들도 수익 배가에 열을 올리고 있음이다.

미국의 커피 전문 웹사이트를 운영하고 있는 '조던 마이켈먼 (Jordan Michelman)'과 '재커리 칼슨(Zachary Carlsen)'은《커피에 대한 우리의 자세》라는 책에서 '커피가 세계적인 상품이다'라는 의미를 다음과 같이 설파한다.

커피의 여정에는 수천 가지 변수가 도사리고 이동 온도, 아주 복잡한 수입 관세에 이르기까지 도중에 잘못될 수 있는 일이 백만 가지는 존재한다. 커피가 무사히 우리에게 도달한다는 것 자체가 기적이나 다름없다. 그만큼 커피를 마시는 것은 우리가 매일 하는 일 중 가장 글로벌한 일이다.

"흙 속의 원두 씨앗에서부터 커피 잔에 담기기까지 기나긴 여정을 거치면서 잘못될 수 있는 위험이 너무 많다"는 스타벅스 최고 경영자 하워드 슐츠의 말과도 맥을 같이 하고 있다. "커피를 생활의 일부분으로 만드는 것은 커피를 인생의 일부로 만드는 것과 같다"는 말과 함께.

5

장터에서 팔린 파치먼트 자루는 탈곡장(쌀을 도정하는 정미소와 유사한 시설)으로 옮겨진다. 껍질을 벗겨내기 위해서다. 이를 전문적 용어로는 '헐링(hulling)'이라고 한다. 체리 형태 그대로 말

아이에게 젖을 물리고서 결점두를 고르는 어머니

리는 전통적인 건조 방법의 용어는 '허스킹(husking)'이다. 헐링과 허스킹을 통틀어 '밀링(milling)'으로 부른다. 밀링 과정으로 들어가기 전에, 돌이나 이물질을 찾아내는 사전 클리닝(cleaning)을 잘해야 한다. 이렇게 수차례의 검증을 거친 파치먼트는 푸른색 생두로 태어난다.

"이거 보세요. 색깔이 아주 좋습니다."

기계에서 막 탈곡된 그린 빈을 나에게 내보이며 현지인 종업원이 말했다. 그렇다고 해서 모든 공정이 끝나는 것이 아니다. 결점두(缺點豆, defect bean)를 찾아내는 작업이 진행된다. 이 작업을 기계로 하는 곳도 있지만, 인건비가 싼 아프리카나 파푸아뉴기니 등 많은 나라가 손으로 하나하나 골라낸다. 이를 핸드 소팅(hang sorting)이라고 한다. 큰 공장에서는 수많은 여인들이 테이블 위에 생두를 펼쳐놓고 질서 정연하게 작

결점두를 고르는 행복한 가족

업을 하기도 한다.

　내가 방문한 곳은 큰 공장이 아니었기에 가족단위로 둘러앉아서 결점두를 찾고 있었다. 특히, 두 부부가 도란도란 대화하면서 작업을 하는 모습이 너무나 행복해 보였다. 거기에 서너 살로 보이는 어린아이도 훼방을 놓지 않고 함께 참여하고 있었다. 결점두를 고르면서도 사랑 넘치는 가족 간의 관계가 해악

(害惡)으로 점철된 선진 사회보다 훨씬 나아 보였다.

'저들에게 바람이 있다면 커피 농사가 잘 돼서 일거리가 많아지는 것이리라.'

이렇게 걸러진 생두는 60kg들이 마대(麻袋)에 담겨져서 통풍이 잘되는 곳에 차곡차곡 쌓인다. 커피 전문가들은 "커피는 생리적 활동을 하는 살아있는 존재다"라고 말한다. 그만큼 보관이 중요하다. 현지에서 그린 빈으로 탄생한 커피가 한국, 미국, 일본 등 세계를 향해 기나긴 여행을 떠나야하기 때문에 보관을 잘해야 한다. 보관 잘못으로 맛과 향을 잃어버리는 경우가 종종 발생해서다.

6

"저기가 저희 집입니다. 구경 오세요."

이름이 '에디'인 안내원이 말했다. 호기심 천국이랄까. 나는 지체 없이 좋다고 답을 했다. 겉으로 보기에는 사람이 살 수 없는 움막집. 그러나 집 안으로 들어서자 내부 분위기는 겉과 달리 온화했다. 전기는 상상 밖의 호사(好事). 방인지 헛간인지 구분이 안 되는 곳에 화톳불이 가물가물 깜박이고 있었다. 어둠

속에서도 사람들의 표정은 무척 밝았다. 행복만점으로 보였던 것이다. 특히, 어린아이들의 해맑은 미소와 또랑또랑한 눈빛이 화톳불보다 강했다.

'움막 같은 집안에서도 웃음이 넘쳐나는구나!'

그래, 이것이 바로 행복이다. 비싼 옷을 입고 기름진 음식을 먹어야만 행복이 아니다. 자기 생활에 만족하고 내가 즐거우며, 가족 모두가 편안하면 그것이 바로 행복이다. 이들은 꽃이 피고 새가 울며, 키 큰 나무들이 보호해주는 자연과 아주 가까운 거리에서 살고 있지 않는가. 그들의 가족사랑은 진정성이 묻어났다. 원초적인 행복이었던 것이다.

길거리에서 만난 사람들도 그러했다. 커다란 바나나 뭉치 하나를 들고 온 가족이 행복해 보이는 모습에서도, 간난아이를 안고 미소 짓는 아버지의 표정에서도 그늘을 찾을 수 없었다. 커피의 결점두처럼 고뇌의 콩들을 모두 숨어 버려서다.

가족은 사회생활의 기초다. 가족 안에서 절대적이어야 하는 유일한 법은 사랑의 법이다.

인간의 권리에 관한 전통적인 가치관을 시대에 맞게 개정하기 위해서는 어린아이들의 권리부터 시작해야 한다. 아이를 학대하는 것이 우리 사회의 가장 큰 문제다.

이 세상에서 부러울 것이 없는 아버지와 딸

'존 브래드쇼(John Bradshow)'의 책《가족》에 나오는 한 구절이다. 나는 '가족의 유일한 법은 사랑이다'라는 것을 가난한 섬나라 파푸아뉴기니에서 다시 한 번 깨달았다. 파푸아뉴기니는 일인당 GDP가 2,504$(2019년 기준)에 불과하며, 인프라 시설이 무척 열악한 나라다. 하지만 믿는 것이 있다. 바로 때 묻지 않은 자연과 향기로운 커피다.

이들은 하늘에서 무료로 쏟아지는 빗물을 모아서 식수로 쓰고, 계곡의 상류에서는 아이들이 벌거벗고 목욕하고 때론 그 물을 벌컥벌컥 바로 들이키기도 한다. 그래도 배탈이 나지 않는다. 자연에도 결점두가 없기 때문이다.

오, 커피! 모든 번뇌를 잊게 하는 그대는 학자들에게는 갈망의 대상
열매의 껍질에서 태어나 사향 냄새를 풍기며 잉크 빛을 띠는 음료
오, 커피! 순수한 우유만큼 무결(無缺)한 커피.
다만 검은 색을 띠고 있다는 것이 다를 뿐.

윌리엄 H. 우커스의《올 어바웃 커피》에서 찾아낸 '커피 찬가'다. 저자는 이 시를 '커피를 찬미하는 현존 최고(最古)의 아랍 시'라고 했다.

파푸아뉴기니 사람들도 우유만큼 무결했다. 다만, 피부 색깔이 검은색을 띠고 있을 뿐. 전쟁으로 고립된 파푸아뉴기니의 한 섬에서 희망을 잃지 않고 살아가는 사람들의 애환을 담

아 호주와 뉴질랜드에서 많은 인기를 끌었던 '로이드 존스(Lloyd Jones)'의 소설《미스터 핍》의 한 대목을 소개한다.

"선생님! 가난한 사람도 신사가 될 수 있나요?"
"물론이지. 가난한 사람도 신사가 될 수 있단다."

소설 속 주인공 아이가 선생님에게 하는 질문은 오로지 가난에서 벗어나는 것이었다. 그렇다면, 이 또한 신의 축복일까? 가난한 나라에 커피가 자라고 있지 않는가. 아이들은 산에서 뛰어놀면서 커피의 체리를 따 먹고, 그 안에 들어 있는 커피콩을 주머니에 넣었다가 어머니 손에 놓아준단다. 현지인이 전한 아이의 말이 눈물겹다.

"엄마! 여기 커피콩이 있어요(Mama! Kofi istap long hia)."

어린 아이의 머릿속에는 '커피가 돈이자 생존의 열매'라는 것이 각인돼 있다. 소설처럼 가난에서 벗어나려는 소박한 바람일 것이다.

제 2 편

일본의 커피와 맛, 그리고 문화

1

쓰시마(對馬)는 산이 많아서 대부분 좁은 도로와 비탈길이다. 여행 안내서를 보면 자전거 여행도 권장하는데, 길이 험난해서 자전거 여행은 그리 간단치 않다. 북쪽의 가미쓰시마(上對馬)에 있는 한국 전망대는 쓰시마 관광의 필수 코스로, 한국식으로 지어진 팔각정이 아름답다.

"저쪽이 부산입니다. 오늘은 날씨가 맑아서 부산이 아주 잘 보입니다. 밤이면 부산의 야경이 대단히 아름답지요."

택시 운전사 바바 고이치(馬場 晃一) 씨의 말이다. 실제로 아스라이 부산의 고층 아파트들이 눈에 들어왔다. 뒤이어 배에서 만났던 관광객들이 왁자지껄 몰려왔다. 관광객들의 틈바구니에서 나이가 지긋한 일본인 할머니가 "오늘은 날씨가 좋아서 부산이 선명하게 보이네요" 하면서 기뻐했다. 나도 조금 전 떠

조선국 역사관 순난비와 비문

나온 부산이 보여서 기분이 좋았다. 그러나 기쁨은 잠시. 바로 옆으로 눈을 돌렸더니 슬프고 애석한 사연의 비(碑)가 부산을 향해 서 있었다.

조선 숙종 29년 계미(癸未, 1703) 음력 2월 5일 청명한 아침에 부산을 떠난 한천석(韓天錫) 이하 108명의 조선인 역관(譯官) 일행은 저녁 무렵 쓰시마의 와니우라 입항 직전에 갑자기 불어 닥친 폭풍으로 애석하게도 전원이 죽음을 당하였다.

이들은 쓰시마의 제3대 번주 '소 요시기미(宗 義眞, 1639~1702)'의 죽음을 애도하고 새로운 번주인 제5대 '소 요시미치(宗義方,

1684~1718)'의 취임을 축하하기 위해 파견된 대규모 사절단이었
다. 에도시대의 쇄국체제 속에서도 쓰시마는 조선과의 관계를
유지하려고 노력했던 것이다. '여기에 이 비(碑)를 세운 것은 성
신지교린(誠信之交隣)의 정신으로 순직한 일행의 넋을 위로하며
양국 간의 영원한 우호증진을 돈독히 하기 위하여 세운 것'이
라고 했다.

관광지는 그렇다고 치고 시내 거리에 나가면 한국어 일색이
다. 쓰시마의 중심 도시인 인구 1만 6천 명 정도의 이즈하라(巖
原) 시내를 흐르는 작은 하천의 난간에 친선을 중시하는 안내문
이 적혀 있다.

쓰시마 도민은 일한 친선을 소중히 하는 한국인을 환영합니다.
일본 고유의 영토 쓰시마는 역사와 관광의 섬입니다.

'일본 고유의 영토 쓰시마'라는 말에 의도성이 깔려 있는 듯했
다. 쓰시마 시청 부근 대형 쇼핑센터에도 한글로 쓰인 큼지막한
플래카드가 걸려 있다. 글자가 커서 지나가는 사람들의 눈에 시
원하게 들어온다.

이 쇼핑센터 앞은 한국 관광객들의 집합소라고 할 만큼 사람
들이 많이 모인다. 각종 생활필수품에서부터 먹고 마시는 것까
지 한꺼번에 해결할 수 있는 곳이기 때문이다. 내가 그곳에 갔
을 때 대형 관광버스가 사람들을 내려놓고 어디론가 줄행랑을

치고 있었다. '한국 사람들은 커피를 좋아한다'는 일본인들의 상혼(商魂)의 발로인지 쇼핑센터의 입구에는 커피에 대한 한국어 안내문이 여러 군데 적혀 있었다.

커피 있어요, 커피 원두로만 판매합니다.

쇼핑센터에도 품목마다 한국어가 쓰여 있다. 종업원들도 대체로 한국어로 손님을 맞이한다. 한국어와 일본어가 비빔밥 그대로다. 각기 다른 말이지만 표정을 보면서 소통을 잘 하고 있다. 한일관계가 이렇게 서로를 이해하면서 발전적으로 나아가면 얼마나 좋을까.

한국 관광객들이 많이 머무르는 호텔이라서인지 빵집의 안내문도 재치 만점이었다. 또한, 일본 생맥주에 대한 안내의 글도 덩달아 웃긴다.

빵빵, 아사히 생맥주!

이러한 한국어 안내말 중에서 압권은 어느 약국에 있는 문구였다. '술을 많이 마시면 간(肝)이 피로하다'는 것은 모든 사람들이 다 아는 평범한 상식이다. 그런데 이런 저런 이유로 술을 거부할 수 없는 경우가 많다. 특히, 비즈니스를 하는 사람들의 경우가 더욱 그러하다. 술을 마시는 것이 능사는 아니지만, '대체로 그렇다'는 것이다. 간장약을 사게 하는 간접적인 압력(?)

쓰시마 약국의 한글 광고문

일까. 약국의 안내문에 웃음이 절로 나왔다.

　　이왕 마실 거라면! 간장 피로하지 않습니까?
　　지친 간의 피로를 풀어주는 약을 마시세요!

　　반쇼인(萬松院)이라는 곳도 관광 필수 코스다. 이곳은 임진왜
란과 관련이 많은 초대 번주 '소 요시토시(宗 義智, 1568~1615)'를
기리는 사찰이다. 그는 '고니시 유키나가(小西行長, 1558~1600)'의
사위이기도 하다. 햐쿠간기(百雁木)로 이름 붙여진 뒤편 산에는
역대 영주들의 묘지가 있으며, 언덕길 계단 양편에 석등들이
길게 세워져 있다. 여기에는 천연기념물로 지정된 1200년의 편
백나무가 역사의 흐름을 대변하고 있다. 석등 역시 나이를 먹
었을 것이다. 거기에는 한국 사람들에게 경고하는 안내문이 붉
은 글씨로 쓰여 있다.

반쇼인 입구의 한글 경고문

　조선말기 일본과 맞서 싸운 의병 최익현(崔益鉉, 1833~1906) 선생의 비가 세워져 있는 슈젠사(修善寺) 앞에도 제법 강도 높은 경고문이 붙어 있다. 사찰 바로 앞에 있는 가정집의 호소이기도 하다.

　　"계단이나 화단에 앉아 있지 마십시오. 도로 주변에 모여 있지 마십시오(통행 방해 금지)."

　골목길이 많은 쓰시마는 차량들이 여기저기서 머리를 내미는 경우가 많아서 관광객들이 길을 메우면 난감한 일이 벌어지기 십상이다.

　슈젠사 입구의 계단을 올라가면 작은 사찰이 나오고, 최익현 선생의 비가 있다. 비의 뒤편에는 현지인들의 묘지가 있다. '묘지에 들어가지 말라'는 안내문도 가히 준엄한 경고 수준이다.

그래도 이런 정도는 '주의를 환기시킨다'는 측면에서 이해가 간다. 아예 한국인 출입을 사절하는 식당들이 제법 있다. 한국인을 환영하는 식당과 '한국어 메뉴가 있다'는 것을 강조하는 식당이 대부분이지만….

한국인 출입 금지에 대해 '쓰시마 사람들의 한국 역사 지우기와 혐한의 기류'로 판단하기도 한다. 그 진상을 알아보려고 했으나 시간이 맞지 않아 확인하지 못한 것이 아쉬움으로 남는다. 지나다가 영어와 한글로 쓰여 있는 어느 식당의 경고문을 보았다.

SORRY, NO KOREAN TOURISTS ALLOWED
죄송합니다만, 한국 관광객 분은 여기에 입장하실 수 없습니다.

인구 4만 명도 채 되지 않는 쓰시마에 연간 15~20만 명의 한국 관광객들이 다녀간다. 여행은 사람들을 다소 일탈하게 만드는 일종의 마약성분(?)이 있을 수 있다. 바쁜 일상생활에서 벗어나 자신만이 누릴 수 있는 자유를 만끽하기 때문이다. 이 점을 쓰시마 사람들이 넓은 마음으로 이해해야 한다. 물론, 우리 여행객들도 기본적인 매너를 지키려고 노력해야 한다. 곳곳에 '쓰레기를 버리지 말라', '물을 아껴 쓰라'고 붙어 있는 작은 경고문들이 시사하는 바가 있어 보였다.

쓰시마의 중심 도시 이즈하라

우리는 말을 어떻게 사용하고 있는가? 말은 현실과 일치하는 것일까? … 말에 대한 오해를 종식시키거나, 최소한 줄이는 것은 과연 가능할까?

프랑스의 철학교수 '로제 폴 드로와(Roger-pol Droit)'의 저서 《위대한 생각과의 만남》에 들어 있는 한 구절을 떠올리면서 길을 걸었다. 시내를 흐르는 작은 개천에 조선통신사 행렬의 벽화가 형형색색 길게 그려져 있었다.

쓰시마의 중심부 이즈하라를 돌아보는 순간 어느새 어둠이 깃들기 시작했다. 밤이 멀리 있는 줄 알았는데, 하늘이 손에 닿을 듯 머리 위로 내려와 있었던 것이다. 때를 맞춰 이자카야(居酒屋)들의 죠징(提灯, 제등)이 하나 둘 켜지기 시작했다. 나는 죠징의 불빛을 따라 발길을 옮겼다. 거리에는 삼삼오오 배회하는 한국인 관광객들이 눈에 띨 뿐 인적이 드물었다.

여러 식당들을 기웃거리다가 아담하면서도 멋있어 보이는 음식점 하나를 발견했다. 일단 외관이 마음에 들어서 내부로 들어갔다. 내부 인테리어 역시 깔끔했고 분위기도 좋았다.

"예약을 안 하셨나요? 그렇다면 카운터가 어떻습니까?"
"좋지요. 저 역시 카운터를 좋아합니다."

일본의 경우 스시(壽司) 집이나 덴뿌라(天婦羅, 튀김) 집에서도 카운터가 좋다. 요리사가 요리하는 모습을 눈으로 볼 수 있고, 요리사와 직접 대화를 나눌 수 있으며, 때때로 요리사가 얹어주는 덤(?)이 있어서다.

일본의 다른 지역과는 달리 쓰시마에는 아는 사람이 한 사람도 없어서 내심 쓸쓸했다. 이곳에 업무적으로 연관된 적이 없기 때문이다. 그렇다고 하더라도 분위기 좋은 식당이나 이자카야를 만나면 그 자체로 친구가 되고, 추억을 만들 수 있다는 생각으로 카운터에 앉았다.

곧이어 복장이 단정한 젊은 종업원이 메뉴판을 들고 왔다.

가을 내음이 물씬 풍기는 메뉴판이었다. 가격도 그리 비싸지 않았지만, 단풍 사진이 들어 있는 메뉴판에 더욱 정감이 갔다. 이 또한 고객을 위한 서비스다. 사람들은 손때 묻은 너덜너덜한 메뉴판을 휙 던지고 가는 식당보다는 이런 사소한 배려가 있는 집을 찾게 된다.

'또 오고 싶은 집이로구나!'

나는 일단 생맥주 한 잔을 시켰다. 맥주 맛은 일본 본토와 다름없이 무척 좋았다. 안주로 모둠 생선회(刺身, 사시미) 한 접시를 주문했다. '쓰시마 사람들은 한국과 마찬가지로 활어 회를 즐긴다'고 해서 일부러 시켰던 것이다. 그러나 생선회는 일본 본토의 방식대로 숙성된 것이었다.

"일부 식당에서 활어 사시미를 제공하기도 합니다만, 저의 식당은 일본의 전통 방식 그대로를 따릅니다."

요리사의 짤막한 설명이 있었다.

"술은 생맥주를 계속하시겠습니까?"
"아닙니다. 카운터에 진열된 우메슈(梅酒, 매실주)로 하겠습니다."

'일본의 매실주 집합소인가?'

쓰시마 이자카야에서 만난 매실주들

　카운터에 늘어서 있는 1.8리터짜리 됫병들은 모두 매실주였다. 술병이라기보다는 거대한 장정들의 키 자랑이었다. 키 큰 술병 자체가 식당의 인테리어 소품이기도 했다. 일본의 우메슈는 6월 무렵에 수확되는 매실을 소주·브랜디 등 증류주에 담그는 혼성주류(알코올음료)의 일종이다. 매화의 과실을 통째로 설탕 등과 함께 술에 일정기간 담가서 진액을 추출한다. 일본에서 시판되는 매실주는 대체로 알코올 도수가 8~15도 사이다.

　"이 모두가 쓰시마에서 생산되는 매실주는 아니죠?"
　"그렇습니다. 일본의 각 지방에서 사온 것입니다."

　식당 주인이 일본 전역의 매실주를 종류별로 사온 것이다. 사과·당근 매실주는 기본이고, 그동안 볼 수 없었던 유자·장미 매실주까지 다양하게 준비돼 있었다.

"술이 약한 여성 고객들을 위해 매실주를 준비했습니다. 향이 좋고, 건강에도 좋아서 인기가 있습니다."

우리나라에서는 요즈음 술의 도수(度數) 낮추기 경쟁을 하고 있다. '여성 고객을 위한다'는 측면도 있으나, 남녀노소 모두를 위해 필요한 경쟁이라고 본다. 독주를 폭음(暴飮)하고 인사불성 취하는 것보다는 도수 낮은 술을 즐기는 풍토 조성이 서로를 위해서 좋을 듯싶다.

그 순간 젊은 여성 두 명이 카운터에 자리를 잡았고, 젊은 청년 한 사람이 나의 옆자리에 앉았다. 한국·일본 다르지 않은 같은 상황. 옆자리의 젊은이는 스마트폰에만 눈을 맞추고 있었다. 갑자기 적성 검사라도 하자는 것인가? 종업원이 종이 한 장과 연필 한 자루를 들고 와서 나에게 내밀었다.

"오늘의 추천 메뉴입니다. 여기에서 손님이 좋아하시는 안주를 8개만 골라주시기 바랍니다. 연필로 동그라미를 그리시면 됩니다."

종업원은 본인이 좋아하는 음식을 종류별로 고르라고 했다. 종이에는 육류·야채·생선 등으로 대분류가 돼 있었고, 돼지고기·닭고기·소고기 등의 육류와 마늘·양파·아스파라거스 등

쓰시마 이자카야의 색다른 고객 서비스

야채류, 고등어·오징어·새우 등 생선으로 세(細) 분류가 돼 있었다. 나는 통상 우리가 접하는 식당 주인이나 주방장이 자신의 뜻대로 꼬치구이나 튀김 등을 내놓는 일방통행보다 이 방법이 더 좋았다. 일본 본토에서도 흔치 않은 고객 서비스를 색다르게 느끼면서 좋아하는 음식을 하나하나 골랐다.

 "참고로 쓰시마는 표고버섯이 특산품입니다."

 쓰시마는 산악지대가 90% 이상이라서 버섯이 많이 나온다. 종업원의 조언을 듣고서 표고버섯을 추가했다. 잠시 후 내가 고른 8개의 안주가 튀김꼬치로 변신해서 나왔다. 만들어 나오는 음식마다 정성이 엿보였고 신선했으며, 맛 또한 좋았다. 문을 연지 10년이 훨씬 넘은 이 식당은 카운터에 6개의 좌석을, 칸막이 방에 20석의 좌석을 갖추고 있는 아담한 집이었다. 카

운터는 의외로 조용했으나, 방에서 밖으로 새나오는 술꾼들의
목소리는 제법 컸다.

"이 술은 약간 고소한 맛이 나지요? 우메(梅)의 씨앗에서 원액
을 추출한 것으로 풍미(豊味)가 좋습니다. 도수도 그리 높지 않은
10도입니다."

요리사의 설명을 들으면서 술병에 기재된 내용을 살펴봤다.
술병에는 '2014 몽드 셀렉션(Monde Selection)'에서 금상을 수상했
다고 적혀 있었다. 몽드 셀렉션은 1961년 벨기에의 브뤼셀에서
탄생한 품질 기관이다. 이 기관에서는 식음료·다이어트 식품·
건강·미용 제품에 대해 엄격한 심사를 해서 상을 준다. 재료·
미각·위생·성분 등을 항목별로 평가해서 점수를 매긴다. 100점
만점에 90점 이상이 최우수상이고 80점 이상이 금상을 받는다.

'2014 몽드 셀렉션에서 금상을 받았다고?'

나는 호기심이 발동해서 낱잔으로 파는 매실주를 언더락
(under rock)으로 주문했다. 무척이나 향이 좋아서 다른 매실주
들은 과연 맛이 어떨지 궁금해졌다. 그러나 매실주를 종류별로
다 마실 수는 없는 일. 식당의 분위기와 매실주를 뒤로하고 일
어섰다.

쓰시마는 한국어 간판 일색이면서도 밤의 분위기는 우리와

사뭇 달랐다. 밤 9시 전인데도 사람들의 발길은 뜸했고, 기온은 뚝뚝 떨어졌다. 어두운 골목길을 돌고 돌아서 숙소를 향해 언덕길을 올라갔다. 돌담을 덮은 담쟁이넝쿨의 노란 낙엽들이 바람에 흩날렸다. 매실주에 젖어 몽롱해진 쓰시마의 밤은 이렇게 깊어 갔다.

2

우리에게 익숙한 시모노세키(下關)는 인구가 26만 명 정도밖에 되지 않는 소도시지만 예로부터 서부 일본 육해교통의 십자로였다. 그런 연유로 시모노세키는 일찍이 교통과 상업의 중심지로 번창했다. 간몬항(關門港)은 기타큐슈(北九州)의 모지항(門司港)과 시모노세키(下關)를 나란히 하고 있는 건너편 항구다. 시모노세키는 일본 제1위의 어획량을 자랑하는 곳으로 수산가공·냉동·통조림·어망·선구·조선 및 화학·금속·목재 공업 등이 왕성하게 발전했다.

1905년 부관연락선(釜關連絡船) 항로가 개설되어 제2차 세계대전이 끝날 때까지 시모노세키는 일본 대륙침략의 전진 기지이기도 했다. 1895년 4월, 청일전쟁(清日戰爭)에서 승리한 일본군은 강화조약인 시모노세키 조약을 슌판로(春帆樓)에서 체결했다. 1864년에는 시코쿠 함대가 미국 선(船)을 공격했다가 시모노세키 포대가 한때 미군에 점령되는 사건도 있었다.

　이러저러한 역사적 사실을 떠올리며 거리를 걷다보면 귀여운 복어 인형들과 만나게 된다. 하나같이 귀엽다. 복어는 약 120종이 있으며, 그중에서 식용으로는 참복과 자주복 등이 유명하다. 식용 가능한 부위는 복어의 종류와 어획 장소에 따라 다르다. 그래서 아마추어 요리사에 의한 복어 취급이 금지돼 있다. 실제로 일본에서는 식중독 원인의 대부분을 버섯과 복어가 차지한다.

　가라토(唐戸) 시장의 볼거리는 복어 인형들이다. 바닷가에는 인형들이 가족 단위로 있고, 시장 안에도 거대한 복어 인형이

엄마와 아들, 딸이 나란히 서 있는 복어 가족 인형

세계 최대 크기의 복어 동상

있다. 건너편 언덕의 신사(神社)에는 세계 최대의 복어 동상이
있다.

  일본인들이 일컫는 복어는 '후구(ふぐ)'이다. 하지만 시모노세
키 사람들은 '후쿠(ふく)'라고 말한다. 이유인즉 '후구'는 '불우
(不遇)'와 발음이 같고, '후쿠'는 '복(福)'을 가져다주는 물고기라
서 이렇게 부른다고. 그렇다면 우리에게 복을 가져다 줄 생선
은 무엇일까?

  (윙윙) 울리는 스크루(screw) − 간몬해협(關門海峽)
  나의 배(腹)에 두른 빛바랜 천이 젖는구나.
  나와 네가 히레자케(鰭酒)를 마시도다.
  간장에 얼어붙었는가, 진눈개비 눈(雪)인가
  아−아−아− 바라보는 남자끼리 눈(目)이 젖도다.

  시모노세키 출신 가수 야마모토 죠지(山本讓二)의 노래 〈간몬
해협〉을 흥얼거리며 가라토에 갔다. 10년 만의 발걸음이다. 노
래에서 나오는 히레자케는 복어의 마른 지느러미를 태워서 넣
는 따끈한 사케(酒)를 일컫는다.

  해협과 닿아 있는 가라토 지역은 교통의 중심지였고, 메이지
(明治, 1868~1912)시대에는 해외 무역의 거점이었다. 그 시절 각
국의 영사관과 외국 무역 기관·은행들이 이곳에 속속 들어섰
다. 1909년이 되자 가라토의 길거리에서 사람들이 채소와 과

일 등 식료품을 판매하기 시작했고, 1924년에는 어시장(魚市場)이 생겨났다. 그리고 1933년에 현재 가라토 시장의 기반인 어류와 채소 시장이 개장했다. 1976년에는 식료품 유통 센터가 문을 열었고, 1979년에는 현지 생산자를 중심으로 하는 아침(새벽) 시장이 열렸다. 2009년에는 가라토 시장 개장 100주년을 맞아 수족관·해향관(海響館)·가몬와후(Kamonwafu)와 함께 시모노세키를 대표하는 관광지로 발돋움했다. 시모노세키 시는 100여 개의 가게가 입점해 있는 가라토 시장의 건물과 시설물 등을 직접 관리하고 있다. 이곳에서 많이 팔리는 복어는 생선의 왕자로, 그야말로 최고의 맛이다.

독소(毒素)를 밝혀내는 지식과 기술이 발전해서 안심하고 드셔도 됩니다. 복어는 생선의 왕자로 일컬어질 정도로 그 담백한 맛이 최고입니다.

복어를 드시지 않는 사람과는 통하지 않습니다. 복어의 시모노세키.

'복어의 독에 대해 불안해하지 말고 마음껏 먹으라는 것'과 '시모노세키에서 복어를 먹지 않는 사람과는 통하지 않는다'는 진지하면서도 익살스러운 협동조합의 안내문이다. 사실 일본에는 "복어는 먹고 싶으나 목숨이 아깝구나"라는 속담이 있을 정도로 복어를 잘못 먹고 사고를 당하는 경우가 종종 있어 왔다. 복어의 내장과 혈액 등에 함유된 테트로도톡신(tetrodotoxin)

때문이다. 테트로도톡신(화학식 C11H17N3O8)은 신경에 작용하는 독의 일종으로, 독성 물질을 지니고 있는 복어류의 학명에서 그 이름을 따왔다.

복어의 독은 어떻게 생기는 것일까? 일단 '복어 자신이 스스로 독을 생성한다'는 설(說)이 우세하다. 하지만 먹이 섭취 등을 통해 외부에서 독을 받아들이는 것으로 보는 외인설(外因說)도 만만치 않다. '바다의 세균 때문에 독이 만들어지고, 먹이 사슬을 통해 복어의 체내에 독이 축적된다'는 것이다. 실제로 독성이 있는 조류 등 유독 플랑크톤이나 슈도모나스(pseudomonas)의 일부 세균, 먹이가 되는 조개와 불가사리 등을 섭취하면서 농축된 독이 체내에 축적된 것으로 보인다. 그래서 안전하게 복어를 먹기 위해서는 복어의 체내에 들어있는 독을 제거하는 전문 기술이 절대적으로 필요하다.

가라토 시장에서는 전문가가 독을 제거한 복어를 얇고 예쁘게 포장해서 판매한다. 가격은 다양하다. 2인분이 13,000엔(한화 13만 원), 3인분이 20,000엔(20만 원), 5인분이 26,000엔(26만 원) 선이다. 복어를 사는 것도 좋지만 시장을 구경하는 재미도 쏠쏠하다.

가라토 어시장에는 '복어 인간' 캐릭터가 특히 시선을 끈다. 그는 과연 누구일까? 주인공은 아역배우 스즈키 후쿠(鈴木福)이다. 2006년 NHK 예능으로 데뷔해서 2010년 동(同) 방송의 TV소

설에 이어 영화에도 출연하면서 인기 배우가 됐다.

"후쿠입니다."

시모노세키의 '후쿠(복어)'와 그의 이름이 '후쿠(福)'인 점이 맞아 떨어진 듯싶다. 그의 얼굴에 복어의 몸통이 합쳐진 캐릭터가 해변은 물론 복어를 파는 가게의 입구에도 어김없이 붙어 있다. 그는 언제부터 복어의 모델이 됐을까?

"유명 아역배우인 후쿠 군은 2018년 9월부터 복어 캐릭터의 모델이 되었습니다. 그의 인기 때문에 시모노세키의 복어가 더욱 유명해지고 있습니다."

시모노세키 시청 직원 이노우에 야쓰히로(井上康博) 씨의 말이다. 근래에 제작된 파격적인 동영상과 후쿠 군이 직접 부른 노래도 인기 만점이다. 노래 제목은 〈복어 복어 뻐끔뻐끔〉.

　　복어 복어 뻐끔뻐끔 천국의 맛
　　복어 복어 뻐끔뻐끔 행복의 맛
　　맛이 있으나 복어에는 독이 있거든요.
　　그래도 역시나 먹고 싶어요.

　　(생략)

　　이 노래에는 맛뿐이 아니라 복어에 대한 역사와 문화까지 담겨 있다. 도요토미 히데요시(豐臣秀吉)가 복어 식용 금지령을 내렸으나, 몰래 먹고 죽는 병사들이 많았다. 도쿠가와(德川) 막부에서도 복어를 팔면 가게를 철거하기도 했다. 그러다가 1888년(明治 20년) 초대 내각총리인 이토 히로부미(伊藤博文)가 시모노세키에서 복어 요리를 먹고 그 맛에 감동해서 "먹어도 좋다"고 허용했다. 내가 시모노세키에 갔을 때는 곳곳에 '복어 식용 해금 130년'이라는 안내문이 걸려 있었다. 백화점과 기차역으로 이어지는 통로에 매달려 있는 복어 캐릭터들도 바람 따라 흔들리며 사람들을 반겼다.

　　"거짓말은 복어의 독과 같다. 괴롭힘이 없으면 이렇게 맛있는 것은 없다. 그러나 중독이 되면 종국에는 괴로운 피를 토하지 않으면 안 된다."

《나는 고양이로소이다》,《도련님》 등 많은 작품을 남긴 메이지 시대의 유명 작가 '나쓰메 소세키(夏目漱石, 1867~1916)'가 한 말이다. 단순히 복어의 독에 대해 말한 것이 아니라 생(生)의 철학이 담겨 있다. 작가 '아지마 유키히코(矢島裕紀彦)'는 이를 정치인에 비유해서 의미 있게 풀이했다.

"거짓말은 복어의 독과 같은 것이라고 소세키가 말했습니다. 거짓말이 때로는 괴로운 피를 토하는 독이 될 수도 있습니다. 내뱉은 거짓말을 덮으려고 하면 할수록 구멍이 생기고 파탄으로 이어집니다. 돌이킬 수 없는 추태도 노출하게 됩니다."

아지마 작가는 일본에서 벌어진 일부 정치인들의 정무 활동비 비리를 예로 들었다.

· 허위와 속임수로 공금에서 경비의 지급을 받으면서 뻔한 괴로운 변명을 한다.
· 숨기고 있던 작은 불씨가 뜻밖의 장소에서 피어오른다.
· 변명과 거짓말을 거듭하다 보면 마침내 자리에서 물러나고 만다.

이것이 어찌 일본만의 일인가. 복어의 독과 같은 거짓말은 우리 주변에서도 번번이 일어나고 있다. 거짓말이라는 독에 중독되지 않는 투명한 세상이 되기를 바라는 마음이 간절하다.

일본 내해의 관문인 시모노세키의 간몬대교에 서서 상공을 바라보니 하얀 구름들이 무리지어 어디론가 몰려간다. 흘러가는 구름들의 모습을 보면서 '겨울이 달아나고 있는 것일까?' 생각하던 나는 '가메야마하치만구(龜山八幡宮)' 앞길을 걸었다. 바람은 거셌으나 바다는 잔잔했고, 하늘도 무척 맑았다.

3

"도쿄에 3년에서 10년 동안 숙성한 커피를 파는 카페가 있습니다."

일본 친구 도미타 가즈나리(富田一成) 씨가 오래전부터 한 말이다. 커피는 갓 볶아서 내려 마셔야 한다는 것이 일반적인 상식이다. 그런데, 오랫동안 숙성을 해서 커피를 내린다는 사실이 나의 상식으로는 이해가 가지 않았다. 도쿄에 간 김에 그 카페를 찾아갔다. 도쿄의 중심부 긴자(銀座)에서 지하철을 타고 우에노(上野)로 향했다. 도미타 씨가 우에노 역 출구에서 기다리고 있었다. 나는 그와 함께 10분 정도 걸었다. 멀리 나의 눈에 한자로 무뚝뚝하게 쓰인 커피숍의 간판이 보였다.

횡단보도를 건너서 골목으로 가자 커피숍의 옆얼굴이 또 하나 나타났다. '숙성커피콩판매(熟成珈琲豆販賣)'라는 간판의 글.

숙성 커피를 판매하는 기타야마 커피숍

숙성 커피콩을 알리는 또 다른 간판

안내 간판만 봐도 무뚝뚝한 커피숍이라는 것을 짐작할 수 있었다. 커피숍의 외관은 시대의 흐름과 관계없는 아니, 아예 무시하는 듯 허름해 보였다. 문을 열고 들어서자 80세가 넘어 보이는 주인이 "문에 쓰인 글을 읽고서 들어오세요"라고 했다. 목소리는 낮았으나 말에는 힘이 잔뜩 들어가 있었다. 나와 도미타 씨는 다시 밖으로 쫓겨 나왔다. 문 앞에 서서 또박또박 글을 읽어보았다.

당점은 커피를 마시기 위한 집입니다. 다목적으로는 이용될 수 없습니다.

이 글을 아예 액자로 만들어서 문에 걸어놓았고, 그거로도 부족했는지 종이로 쓴 추가의 안내문까지 붙어 있었다.

거의 판사의 판결문 수준인 커피숍 안내문

기다림, 상담, 독서, 일처리 등 커피를 마시는 것 이외의 이용은 절대로 사절합니다. 내점(來店) 후 30분 정도 머물러주시기 바랍니다.

도대체 무슨 이유에서일까. 나의 궁금증은 눈덩이처럼 불어났다. 안내문을 숙지하고서 조용히 안으로 들어갔다. 커피숍은 거의 창고 수준이었다. 커피콩 마대가 산더미처럼 쌓여 있었고 카운터에 몇 자리, 테이블 두 개에 불쌍하게 구색을 맞춘 의자 7개가 고작이었다. 카운터에는 중년 신사 한 사람이 커피 한 잔을 시켜놓고 우두커니 천장만 쳐다보면서 앉아 있었다. 메뉴판을 달라고 하자, 젊은 종업원은 눈짓으로 테이블 위에 있다고 했다.

눈이 크게 떠졌다. 값이 너무나 비쌌기 때문이다. 기본이 980엔(9,800원), 좀 비싼 것은 3,000엔(3만 원)에서 4,000엔(4만 원)이었다. 동행한 도미타 씨도 '비싸다'고 혀를 내둘렀다. 둘이서 커피를 고르는 동안 바스락 바스락 소리가 나더니 할아버지 바리스타가 원두를 포장해서 세월을 낚는 듯 앉아있던 카운터의 손님에게 건넸다. 생산지별로 팔고 있는 100~200그램 정도의 원두였다. 잠시 후 종업원이 다가와서 주문을 받았다.

나는 자메이카의 블루마운틴을 시켰고, 도미타 씨는 에티오피아의 예가체프(Yirgacheffe)를 주문했다. 얼음물이 담긴 잔이 먼저 나왔다. 커피를 기다리는 동안 들어보니 어디선가 걸려오는 전화는 대체로 뭔가를 거절하는 것이었다. 20여 분만에 주문한

숙성 커피콩

커피가 나왔다. 커피 향은 무척 진했다. 숙성원두이니 그럴 수
밖에. 이 가게는 커피를 마시는 방법에 대해서도 글로 명시하
고 있었다.

일단 반 정도는 블랙으로 마시기 바랍니다. 그런 다음 설탕을 적
당히 넣으시기 바랍니다. 마지막으로 우유를 넣되 젓지 마시기 바
랍니다.

숨을 죽이고 커피 한 잔을 마시는 필자

나는 가게의 지시(?)대로 커피를 마셨다. 그러자 지금까지 경험하지 못했던 농후한 맛과 나무 같은 무딘 맛이 났다. 커피숍의 엄정한 분위기 때문인지 어떠한 느낌도 말로 쉽게 표현할 수 없었다. 그래도 "한국에서 왔다"고 하자, 다른 사진은 아니 되고 얼굴이 나오는 것만 된다면서 사진을 "딱 한 컷만 찍어주겠다"고 했다. 나는 커피 마대를 등지고 앉아서 포즈를 취했다. 비싼 커피를 마시고, 겨우 찍은 사진 한 장. 나는 큰 상을 받은 것처럼 감사의 표시를 했다.

마대 사이에 숨어있는 매킨토시 전축에서 빠른 박자의 재즈 음악이 흘러나왔다. 계산은 현금. 신용카드는 아예 명함도 못 내밀었다. 침묵을 지키면서 죄인(?)처럼 고개 숙이고 커피를 마신 나는 밖으로 나와서 도미타 씨와 함께 웃음을 터트렸다.

'야! 살았다. 지옥에서 겨우 빠져나왔네. 고약한 할아버지!'

나는 그래도 50년 동안 커피숍을 운영하고 있는 80세가 넘은 할아버지 바리스타의 장인(匠人)정신이 마음에 들었다. 아무런 잡념도 없이 무아지경에서 커피를 내리는 할아버지 바리스타의 모습에서 경외심(敬畏心)이 생겨났기 때문이다.

숙성 커피의 사연은 이렇다. 일본인들은 우리와 달리 숙성 즉, 에이징 커피(Aging Coffee)를 즐기는 마니아들이 있다. 재고로 남는 올드 빈(Old Bean)과는 차이가 있다. 에이징 커피는 별도의 보관 시설에서 오랫동안 숙성을 시킨다. 개성 있는 향미의 커피를 만들기 위해서다. 일본인들은 이런 유(類)의 커피를 '산미가 낮아지고 단맛이 높아진다'고 평가한다. 그들이 숙성 사시미를 먹는 것과 같은 이치일 것이다.

4

어디를 가도 사람들이 붐볐다. '새해를 맞는다'는 들뜬 기분은 우리와 크게 다르지 않았다. 나는 업무를 마치고 도쿄의 중심지 긴자 거리로 나갔다.

긴자는 우리의 명동 같은 곳으로, 1초메(丁目)에서부터 8초메

(丁目)에 이르기까지 백화점과 쇼핑몰, 다양한 전문 가게들로 즐비하다. 메이지 중기부터 형성된 긴자 거리에는 수십 년에서 수백 년을 이어온 시니세(老鋪, 오래된 전통 가게)와 현대적인 유행을 리드하는 패션몰들이 공존하고 있다. 귀금속점 와코(和光), 양복점 도야(田屋), 진주로 유명한 미키모토, 양갱의 대명사인 도라(虎屋), 문구점 이토야(伊東屋), 안경점 마쓰시마(松島), 포목점 에치고야(越後屋) 등의 시니세들은 세월의 변화와 관계없이 전통적으로 대를 이어가는 일본의 대표적인 전문점들이다.

나는 일본의 친구들과 자주 긴자 한복판에 자리한 삿포로 비어홀 '라이언(Lion)'을 방문한다. 이곳은 무더운 여름철 시원하게 한 잔 들이키고 싶을 때 생각나는 장소로, 벌써 100년 가까이 이곳에서 자리를 지키고 있다. 이 건물은 원래 일본 맥주회사의 본사 사옥이었으나, 1924년 1, 2층을 맥주 홀로 오픈했다. 그러다가 2차 세계 대전 패전 후 미군이 건물을 접수했고 1952년 미군이 철수한 후에는 다시 민간의 품으로 돌아왔다.

오후 5시. 이미 사람들이 꽉 차 있었다. 일본인들은 물론 서양인들도 많았다. 무엇이 이렇게 사람들의 발길을 이곳으로 모이게 하는 것일까. 일단 종업원에게 생맥주 한 잔을 시키고 나서 물었다.

"라이언은 왜 이렇게 항상 인기가 있나요?"
"글쎄요, 손님들이 알아서 찾아오시네요."

100여 년의 역사를 간직한 긴자의 삿포로 비어홀, 라이언

"이 맥주홀의 좌석은 몇 개나 되나요?"

"좌석은 약 400개입니다."

"그러면, 하루에 손님은 몇 명 정도 들어오나요?"

"주말에는 하루에 1,300명에서 1,400명까지 들어오십니다."

사람들이 이곳을 찾는 특별한 이유가 있다. 이 맥주홀은 생맥주를 다른 데서 운반해 오는 것이 아니라, 지하 탱크에서 바로 만든다. 생맥주를 따르는 기술자들의 현란한 손놀림 또한

라이언의 시원한 생맥주

예술이다. 벽에는 보리밭의 그림이 있고, 기둥 역시 보리를 형상화한 것이다.

역사와 전통을 과시하는 독특한 맥주홀 라이언. 우리는 왜 이러한 역사와 전통이 없는 것일까? 안타깝게도 우리나라의 맥주는 맛이 없는 것으로 유명하다. 어차피 맥주와 소주, 또는 양주를 섞어서 소위 폭탄주를 만들어 마시기 때문이란다. 이 또한 군색한 변명인 듯싶다. 맥주가 맛이 없어서 소주와 섞어서 마신다고? 모두가 자신의 잘못이 아니라 남의 탓으로 책임을 전가하는 것은 아닌지….

맥주는 손쉽게 마실 수 있을 뿐만 아니라, 인생살이의 고단함을 잊게 해주는 묘약이기도 하다.

'야곱 블르메(Jacob Blume)'의 저서《맥주, 세상을 들이켜다》(김

희상 옮김)의 내용이 문뜩 떠오른다. 시원한 맥주를 한 잔 더 주문한다.

긴자에 있는 또 하나의 명물을 든다면 단연코 창업 100년이 넘는 커피숍 '카페 파울리스타'이다.

커피의 향기에 숨이 막혔던 어젯밤보다
꿈에서 보았던 사람이 옆에 비치누나.

일본의 유명한 가인(歌人) '요시이 이사무(吉井 勇, 1886~1960)'가 부른 〈주(酒)의 시가구집(詩歌句集)〉에 나오는 노랫말이다. 커피의 향기도 숨이 막히도록 좋지만, 옆에 앉아 있는 사람과의 넉넉한 나눔이 더욱 좋다는 말이 마음에 와 닿는다. 본디 커피숍은 커피의 맛을 즐기는 것과 더불어 사람을 만나고, 대화를 나누는 장소로서의 비중이 컸기 때문에 비롯된 말일 수도 있으리라.

카페 파울리스타의 외관

긴자에서 저녁 식사를 마치고 커피를 마시기에는 늦은 시각이었으나 일부러 커피숍을 찾았다. 일본 최초의 커피숍인 카페 파울리스타에 가보고 싶어서였다. 카페(café)는 브라질 어로 커피라는 의미이고, 파울리스타(Paulista)는 '상파울로 사람(子)'이라는 뜻이다. 카페 파울리스타의 문 앞에는 커피숍의 상징물인 커다란 마크 하나가 버티고 서 있다.

별(星) 가운데 들어있는 여왕의 모습과 별을 둘러싸고 있는 커피나무 이파리와 붉은 커피체리, 브라질 상파울로 시의 심벌 문장(市章)을 본떠서 만들었다는 이 마크는 100년의 세월 동안

카페 파울리스타 내부

일본 커피계의 발전과 역사와 문화를 대변하고 있다. 세계 최대의 커피 생산국인 브라질 공화국 상파울로 주 정부가 메이지 중순에 일본의 이민을 받아들인 이후, 이곳 긴자에 커피숍이 탄생했다.

　사장인 미즈노(水野) 씨는 커피숍을 개점하면서 "오늘 여러분에게 제공하는 커피는 일본에서 브라질로 이민가신 사람들의 노고가 가져온 수확물로, 그들의 땀의 결정으로 여러분께 맛

있는 커피를 제공하게 되었습니다. 그들에게 감사드립니다"라고 했다. 그는 또 "일본의 커피 문화를 창출해 나가겠다"고 했다. 한 사람의 집념과 열정으로 탄생한 커피숍이 100년이 넘도록 같은 자리를 지키면서 사람들에게 즐거움을 선사하고 있는 것이다. 또한 이 카페는 비틀즈의 존 레논(John Lennon, 1940~1980) 부부가 연속으로 삼 일을 왕래하여 화제가 되기도 했다.

커피는 특유의 감미로운 향과 그윽한 맛으로 끊임없이 사람들을 유혹한다. 2006년 노벨문학상을 수상한 이스탄불(Istanbul) 출신의 '오르한 파묵(Orhan Pamuk)'이 쓴 인기작 《내 이름은 빨강》이라는 소설에도 커피에 대한 이야기가 진하게 나온다.

우리는 커피와 커피숍을 죽도록 좋아합니다. … 보세요. 이렇게 홀짝홀짝 마시고 있지 않습니까? 아아, 최고군요. 커피를 한 잔 마셨더니 몸도 따뜻해지고 눈도 예리해지고 머리도 맑아지는군요. 갑자기 뭔가 떠올랐습니다.

요즈음 우리나라에도 커피숍이 우후죽순으로 생겨나고 있다. 그런데 어느 날 갑자기 다른 가게로 변해버리기도 한다. 빠르게 변하는 모습이 때론 안타깝다.

5

길을 걷다가 고개를 들어보니 커피 잔이 크게 그려져 있는 카페의 간판이 보였다. 화란두(和蘭豆)라는 간판이 특이해서 그곳으로 발길을 재촉했다. 한자로만 보면 '네덜란드 커피콩'으로 해석됐다. 하지만 분명히 그런 의미가 아닌 것 같았다. 가까이 가서 보니 입구에 쓰여 있는 커피숍의 안내문이 재미있었다.

담배와 커피는 잘 어울립니다. 전 좌석 스모킹 오케이입니다.

다시 말하면 '담배와 커피가 궁합이 잘 맞는다'는 것이다. 흡연자 천국인 일본다운 안내문이었다. 우리나라의 현실과 비교하면 실로 파격적이다. 커피숍 안으로 들어서자 담배 연기가 가득했다. 아니, 자욱했다. 마치 옛날 우리네 다방과 같은 분위기였다. 디자인도 과거와 현대가 조화롭게 버무려져 있었다.

화란두 커피숍과 재미있는 안내문

30~40석 정도 되는 좌석이 거의 차 있었다. 사람들은 여기저기에서 담배 연기를 내뿜으며 커피를 마시고 있었다.

'일본은 흡연자들의 천국인가?'

비흡연자인 나는 다행히 창가 쪽에 자리가 비어 있어서 유리창문을 살짝 열고서 앉았다. 겨울바람치고 그리 매섭지 않아서 안도했다. 종업원이 메뉴판을 들고서 주문을 받으러 왔다. 기왕 담배 연기를 감수하고 앉은 김에, 비싸다는 자메이카의 블루마운틴을 주문했다. 블루마운틴의 가격은 한 잔에 1,500엔(15,000원). 우리나라에서 마시기 쉽지 않은 커피라서 과감하게 주문해 보았다.

"화란두는 한자로 봐서 네덜란드 콩이라는 의미 같군요. 맞습니까?"

나는 오타 마사토시(太田雅俊)라는 젊은 종업원에게 질문했다.

"아닙니다. 한때 일본에서 커피를 '란즈(和蘭豆)'라고 발음한 적이 있었답니다. 그런 의미에서 쓰고 있습니다."

잠시 후 그는 나를 커피숍의 카운터로 안내했다. 벽면에는 커피 색깔의 오래된 액자가 있었다. 액자에는 커피의 '다른 이름(異名) 숙자(熟字, 숙어와 단어) 일람표'가 있었다. 또렷하게 보이

커피를 부르는 다양한 이름

지 않는 글자가 많았으나 가우히이, 코피, 란즈, 고히(可非), 또 다른 고히(珈琲) 등 무려 54개의 이름이 적혀 있었다. 일본의 커피는 이렇게 각기 다른 이름표를 달고 소비자들에게 다가갔던 것이다.

일본에 커피가 전해진 것은 1690년경의 일로, 나가사키(長崎)의 네덜란드 상관인 데지마(出島)를 통해서였다. 일본에서 처음으로 커피를 마신 사람들은 나가사키의 데지마에 출입이 허용된 공무원이나 유녀(遊女)들이었다.

홍모선(紅毛船)에서 커피라는 것을 권한다. 콩을 검게 구워서 가루로 만들어 흰 설탕을 섞기도 하고, 타서 눌었지만 견디지 못하고….

에도시대의 풍속소설 《광가(狂歌)》의 작가로 유명한 '오타 난보(大田南畝, 1749~1823)'는 1804년 나가사키의 봉행소(奉行所)에 파견되었을 때, 커피를 마신 소감을 이렇게 적었다.

주문한 커피가 나오기 전에 젊은 종업원이 고급 커피 잔을 테이블 위에 엎어놓고 갔다. 아주 폼 나고, 비싸게 보이는 도자기 잔이었다. 주방에서 여성 바리스타가 그라인더(grinder)로 원두를 갈더니 사이폰(siphon) 방식으로 커피를 내렸다. 15분 정도 지난 후 남자 종업원이 사이폰을 통째로 들고 와서 놓고 갔던 커피 잔에 커피를 부었다. 아주 조심스럽게. 세계 1위의 커피 자메이카의 블루마운틴. 역시 제왕적 향기를 풍겼다.

사이폰 방식으로 내리는 블루마운틴

커피의 제왕 블루마운틴

커피교육 발전에 힘쓰고 있는 유대준의 저서 《COFFEE INSIDE》를 살펴보자. 사이폰은 1840년경 스코틀랜드의 로버트 네이피어(Robert Napier)가 개발한 진공식 기구다. 이를 1924년 일본인 고노 아키라(河野彬)가 상품화했다. 사이폰 방식으로 커피를 내리면 커피의 향이 더욱 살아나고 시각적인 효과가 있는데다 산뜻하고 깨끗한 맛을 만들어낼 수 있다. 일본은 아직도 이 방식을 고수하는 커피숍들이 많다.

바리스타를 꿈꾸는 청년

커피를 가져다준 오타 마사토시 씨는 "지금은 아르바이트를 하고 있으나, 장래 훌륭한 바리스타가 되려는 꿈을 가지고 있다"고 했다. 그는 뭐든지 질문하면 성의껏 답변했고, 모르는 부분에 대해서는 선임자에게 묻고 와서 답변했다.

나는 커피숍에서 흘러나오는 활력 넘치는 빠른 재즈 풍의 음
악도 신선했지만, 자유롭게 담배를 피우면서 껄껄껄 웃으며 대
화하는 분위기가 너무나 좋아보였다. 넉넉하고 인간적이어서다.

커피숍 화란두는 1965년에 문을 열었다고 한다. 55년의 역사.
나는 커피 하나로 55년을 이어가고 있는 커피숍이 부럽기만 했
다. 하긴, 100년 넘은 카페도 있지만.

우리나라는 지금 커피 열풍에 빠져있다. 거리마다 골목마다

온통 커피숍이다. 하지만, 이들이 치열한 경쟁 속에서 얼마나 살아남을지 걱정이 앞선다. 오랜 세월 살아남으려면 품질과 맛으로 승부해야 할 텐데….

《매혹과 잔혹의 커피사》의 저자 '마크 펜더그러스트(Mark Pendergrast)'는 "쉽게 푹 빠져들고 한번 빠지면 헤어나가기 힘든 것일수록 사람들의 주목을 더 많이 받기 마련이며, 이렇게 의존성이 큰 음료들은 대개 악마 취급을 받기도 하고, 찬미의 대상이 되기도 한다"면서 "이러한 논쟁은 영원히 지속될 수 있을지도 모른다"고 주장했다. 커피가 몸에 좋을 수도 있고, 해로울 수도 있다는 말이다. 그렇다면 우리는 어떻게 해야 할까? 커피를 정확하게 알고 마셔야 한다.

6

지루한 장맛비가 걷히고 모처럼 눈부시게 파란 하늘과 만났다. 나는 나고야(名古屋)에서 도쿄를 찾은 중부전략연구회의 이문화(異文化) 팀과 합류했다. 나는 출장 중이었고, 그들은 에도(江戶) 역사 탐방을 위해서 상경했다. 후나하시(舟橋) 씨를 비롯해서 이이타(飯田) 씨 부부, 시미즈(淸水) 씨 부부, 오모리(大森) 씨, 이토(伊藤) 씨, 아카키(赤木) 씨, 고리(郡) 씨, 스즈키(鈴木) 씨 등 모두가 반가운 사람들이었다. 그들은 나를 보자 경쟁적으로 손이 아프도록 굳은 악수를 했다.

"커피 한잔 합시다."

이문화 팀 멤버들은 도쿄에서 인기 절정인 커피숍에서 '커피한 잔을 하자'고 했다. 나는 그들이 안내하는 대로 따라갔다. 도쿄에서 나고야까지 소문난 커피숍에 대한 기대가 무척 컸다.

커피숍의 외관은 마치 차고(車庫)와도 같았다. 간판이라고는 구석에 그려진 블루보틀(Blue Bottle) 하나. 오전 11시인데도 커피숍 밖에서부터 사람들로 들끓었다. 커피숍 안으로 들어가자 빈자리 하나 없었다. 한 종업원이 메뉴 표를 나눠주면서 줄을 세우고 있었다.

블루보틀 커피숍의 외관

커피원두와 로스팅기계가 오픈된 커피숍의 내부(좌), 커피를 정성껏 내리는 종업원(우)

테이블과 의자는 우리가 생각하는 카페의 디자인이 아니라 기업체의 회의용 탁자 같은 심플형. 테이블에 동행자와 같이 앉아서 담소하는 것은 희망사항일 뿐. 자리를 하나라도 잡는 그 자체가 최고의 행운이었다. 고개를 돌리자 오른쪽에서는 종업원들이 갓 볶은 원두로 열심히 커피를 내리고 있었다.

이문화 팀의 총무인 후나하시 씨가 대표로 주문을 하는 동안 나는 직업의식이 발동해 커피숍 구석구석을 들여다보면서 사진을 찍었다. 이곳은 커피숍이라기보다는 커피공장이었다. 생두 자루가 층을 이루고 있었고 거대한 로스팅(roasting) 기계가 강한 커피 향을 내뿜고 있었다.

클라리넷 연주자였던 '제임스 프리만(James Freeman)'은 맛있는 커피를 만들 것을 결심하고, 2002년 8월 미국 샌프란시스코의 자택 차고에서 블루보틀 영업을 시작했다. 블루보틀이라는 이름은 유럽 최초의 카페 '블루보틀 커피하우스'에서 따온 것이다. 순식간에 인기를 얻은 블루보틀은 미국의 다른 지역에도 점포를 내게 되었고, 도쿄의 외진 곳에서 '일본 1호점'의 문을 열었다. 일본 첫 진출임과 동시에 해외 첫 진출이었다. 곧 도심부 아오야마(青山)에 2호점도 열었다.

기요즈미시라카와(淸澄白川)는 도쿄에서 다소 외진 곳이다. 그런데도 입소문을 타고 몰려든 손님들 때문에 블루보틀은 즐거운 비명을 터트리고 있다. 종업원들의 손놀림이 미처 사람들의 요구를 수용하지 못했으나, 향기로운 커피향이 그 공간을 메웠다. 나는 매니저 격인 한 직원에게 물었다.

"무슨 이유로 이토록 사람들이 열광할까요?"

블루보틀 커피를 주문하는 사람들

"글쎄요. 맛있는 커피를 제공하기 때문일 것입니다. SNS를 통해서 사람들에게 알려진 것 또한 이유이기도 하구요."

그는 "블루보틀은 '커피계의 애플(Apple)'로 보면 이해가 빠를 것이다"면서 "많을 때는 하루에 2,000여 명의 손님이 이곳을 찾는다"고 했다.

하루에 2,000명? 이 소식을 나고야 사람들에게 전하자 고리 씨가 얼른 500엔 x 2,000명을 계산하더니 입을 다물지 못했다. 나와 나고야 사람들은 끝내 자리를 확보하지 못하고 삼삼오오 선 채로 커피를 마셔야 했다. 그래도 아무런 불평이 나오지 않았다. 인기 절정인 커피숍에서 '커피 한 잔을 마셨다'는 그 자체가 보람이자 기쁨이었기 때문이다. 블루보틀의 마크는 단순한데, 커피 잔에는 물론 원두를 담는 봉투와 간단한 액세서리 등에도 새겨져 있었다.

기요즈미시라카와의 한적한 장소가 커피 명소로 바뀌는 데는 시(市)를 비롯한 관계자들의 헌신적인 노력도 있었다. 구청이나 동사무소에서 펴낸 잡지도 커피숍 특집을 실어 이곳을 소개했다.

커피숍을 통해서 교류가 생겨나고, 개성적인 가게와 따뜻한 지역민들과의 대화가 필요하다고 생각합니다. 예술과 커피 거리에 존재하는 개성적인 얼굴의 가게를 소개합니다.

커피를 선 채로 마시는 이토(좌) 씨와 오모리(우) 씨

블루보틀의 커피 맛은 무척 독특했다. 이유는 유기농으로 재배된 신선한 커피콩 때문이다. 커피 맛의 여운을 간직한 채 나와 나고야 사람들은 다시 역사 탐방을 시작했다. 맑은 하늘에서 내리쬐는 햇볕이 더욱 강해졌다. 계속 입 안을 감도는 블루보틀의 커피 맛처럼.

7

"기호품(嗜好品)의 소멸은 일본침몰(日本沈沒)보다도 임팩트가 있다."

80세의 나이로 생을 마감한 소설가 '고마츠 사쿄(小松左京, 1931~2011)'가 남긴 어록 중의 하나이다. 그가 내세우는 기호품은 커피·술·담배·사탕·향신료 등이다. 고마츠는 《일본 침몰》, 《부활의 날》 등을 쓴 일본의 대표적인 공상과학소설 작가다. 교토대학 문학부를 졸업하고 1962년에 쓴 《일본의 아파치 족》으로 일약 스타! 일본 SF 소설의 선두주자로 등극했다.

그는 〈커피라고 하는 문화(UCC 커피박물관 編)〉를 통해 '일본 끽차(喫茶) 문화의 변천'을 언급하면서, "다도(茶道)는 세리머니(ceremony)이고, 찻집(茶店)은 서비스(service)다"라는 유명한 말을 남겼다. 이는 커피숍이나 카페 등의 서비스를 두고 한 말이다.

그런데, 이러한 찻집의 서비스가 근래 들어 양상을 달리하고 있다. 과거 다방(茶房)의 여종업원이 커피 심부름을 하던 때와는 판이하게 다른 키오스크 주문이나 셀프 서비스 등 새로운 찻집 문화가 등장했다. 하지만 일본에는 옛날식 찻집 문화가 아직도 살아있다. 손님이 좌석에 앉으면 여성 종업원이 찾아와서 친절하게 커피와 주스 등의 주문을 받는다.

여기에 나고야(名古屋)만이 지니고 있는 독특한 커피숍 문화가 있다. 커피 한 잔 시키면 빵과 달걀 등 식사 대용품목이 무료로 딸려 나온다. 나고야가 자랑하는 그들만의 커피 문화이자 오랜 전통이기도 하다. 커피점마다 서비스의 질과 양이 다르고 메뉴도 각양각색이지만 고객들은 이런 서비스에 열광하고 있다.

나고야의 거리를 걷다보면 커피점이 제법 많이 눈에 띈다.

스타벅스나 맥도널드 등 외국 체인점도 많다. 그러나 거리를 몇 분 정도만 걸으면 다방이라는 간판의 커피숍이 많다는 것을 알 수 있다. '다방'이라면 우리의 70년대 다방이 연상된다. 과거의 다방은 커피 맛을 제대로 알지 못하면서 하루 종일 담배 연기 속에서 시간을 때우던 시절의 대명사이기도 했다. 나고야 사람들은 이러한 다방식 커피숍을 좋아한다. 실제로 나고야는 한 세대 당 커피숍에서 사용하는 금액이 전국 1위라고 한다. 일본 전국 평균의 3배에 해당하는 금액이다.

나는 나고야의 커피숍 문화를 체험하기 위해 아침 일찍 호텔을 나섰다. 모닝서비스의 현장을 목격하기 위해서다. 나고야 가나야마(金山) 역에서 지하철을 타고 그다지 멀지않은 오쓰(大須)로 갔다. 오쓰에는 반쇼지(萬松寺)라는 절이 있다. 이곳에는 나고야의 영웅이자 일본의 영웅인 '오다 노부나가(織田信長)'의 부친 '오다 노부히데(織田信秀)'의 묘소가 있다.

"인생 50년/ 천하의 만물에 비한다면/ 꿈과 같구나.
한 번 생(生)을 얻어/ 멸하지 않을 자 누구 있으랴."

나고야 중부전략연구회 회원들이 서울에 왔을 때 오다 노부나가가 좋아했던 이 시구(詩句)의 해석을 두고 논쟁을 벌이던 생각이 나서 웃음이 저절로 나왔다. 그때가 엊그제 같은데, 어느새 많은 세월이 흘렀다. 시간은 참으로 빠르게 흐른다.

오쓰 거리는 이른 아침 시간인데도 사람들이 많았고 날씨도 무척 더웠다. 순식간에 온 몸이 땀으로 흠뻑 젖었다. 이날 최고 기온이 39도로 예상된다고 했다. 빗속에서 살다시피 한 서울에 비하면, 오히려 폭염이 반가웠다.

아침부터 고져스(gorgeous) 서비스! 나고야 모닝!

손님들의 눈길을 끌게 하는 커피숍의 광고문구가 나의 눈에도 쏘옥 들어왔다. 이곳에는 아침 일찍부터 손님들이 많이 모인다. 커피숍에 들어서자 연령대에 관계없이 많은 사람들이 있었고, 가족 단위로 온 사람들도 많았다. 시계를 들여다보니 8시 20분이었다. 이 커피숍은 아침 8시부터 영업을 개시한다. 여성 종업원이 메뉴판과 물컵을 들고 나에게 다가왔다. 나는 더위를 식히기 위해 아이스커피를 주문했다. 얼음이 가득한 유리컵과 일반 커피 잔에 담긴 블렌딩 커피가 뜨거운 열기를 내뿜으며 내 앞에 놓여졌다.

"뜨거운 커피를 그대로 유리컵에 부으세요. 바로 아이스커피가 됩니다."

여종업원이 마시는 방법을 설명해 주었다. 냉커피를 스스로 제조하는 기분이 상쾌하고 신선했다. 덤으로 따라 나오는 토스트와 삶은 계란이 구수한 맛을 더했다. 이처럼 모닝서비스 시간에는 손님이 커피 한 잔을 시키면 토스트와 삶은 계란이 따라 나온다. 가격은 커피 한 잔 값인 400엔(4,000원) 전후다. 물론 모닝서비스는 시간제한이 있다. 마감은 오전 10시 반이다.

이 가게에서는 커피를 시키자 모닝 서비스로 토스트와 삶은 계란을 무료로 제공했다. 이뿐만이 아니라 어느 가게에서는 토스트 대신 우동을 주고, 또 다른 집에서는 스시(초밥)도 제공한다. 이것이 나고야의 독특한 모닝 서비스. 일본에서도 유일하게 나고야에만 있는 커피 문화이다.

'나고야 고메다 커피점을 찾은 젊은 연인. 커피점 안에는 신문과 잡지 등이 비치되어 있습니다.'

반세기의 전통을 자랑하는 프랜차이즈 고메다 커피점이 내건 슬로건이다. 일본어로 고메(こめ)는 쌀(米)을 의미한다. 창업자 가토 다로(加藤太郎)의 가업이 쌀집(米屋)이었는데, 고메다라는 상호는 창업자의 가업인 '고메'와 그의 이름 '다로'에서 한

고메다 커피점을 찾은 젊은 연인

글자씩 떼어서 만들었다. 고메다 커피점은 1968년 나고야에서 1호점을 열었다.

고메다의 창업 정신은 '커피를 중요하게 여기는 마음으로부터'에 기반을 두고 있다. 차(茶) 문화가 강했던 나고야 중심에 '휴식의 장소'를 내세운 것이 이 회사가 성공한 비결이기도 하다. 고메다는 우리와 달리 무분별하게 프랜차이즈를 확대한 것이 아니라, 먼저 나고야 시내에 몇 개의 커피점을 열어 고객의 반응을 타진하면서 내실을 튼튼하게 다졌다. 무려 25년 동안 자사의 프랜차이즈 전략을 시험한 것이다. 그렇게 기반을 다진 고메다 커피는 1993년 4월부터 프랜차이즈 전개를 본격화했고, 현재의 가맹점 수는 760여 개에 달한다.

나는 나고야의 고급 주택가에 자리한 고메다 커피점의 고풍스러운 본점을 방문하기로 했다. 이곳은 주차장을 겸비하고 있는 것도 매력이다. 도심과는 다소 떨어진 스미호구(瑞穗區) 가미야마죠(上山町)의 고급 주택가에 자리한 커피점의 외관은 오래된 일반 가옥 같았다.

"창업자 가토 다로가 살던 가옥을 개조한 것입니다. 주차장도 무척 넓지요."

동행한 이토 슌이치(伊藤俊一) 씨가 고메다 커피점 본점의 탄생 스토리를 나에게 알려줬다. 문을 열고 커피점 안으로 들어

가자 기다리는 사람들이 두 갈래로 길게 앉아 있었다. 오후 3시, 200석이 넘는 좌석은 꽉 차 있었고 20명 남짓한 사람들은 고객 대기 명부에 이름을 올려놓고 마냥 기다리고 있었다.

30분 정도 기다리자 '이토'의 이름을 부르는 종업원의 목소리가 들렸다. 톤이 아주 높았다. 나와 이토 씨는 시험에 합격한 듯 기쁜 마음으로 종업원이 안내하는 곳으로 따라갔다. 좌석은 마치 응접실 소파 같았고 테이블도 넓었다. 호텔처럼 화려하지는 않았으나 편안한 마음으로 앉을 수 있는 좌석이었다. 다른 종업원이 다가와서 온기가 느껴지는 물수건과 얼음냉수를 놓으면서 "메뉴가 결정되면 벨을 누르세요"하고서 종종걸음으로 돌아갔다. 테이블 위에는 메뉴판이 여러 겹으로 세워져 있었다.

"고메다 커피점은 고객 대응 서비스가 좋습니다. '누구나 편안함을 느끼도록', '거리의 거실이고 싶다'가 50년 넘게 이어지면서 고객의 마음을 사로잡은 것입니다."

방송사 출신인 이토 씨는 일반 프랜차이즈 커피숍과 고메다 커피의 차별성을 설명했다. 나는 따뜻한 아메리카노를 주문했다. 한 잔에 400엔(4,000원). 값은 한국과 크게 다르지 않았다.

고메다 커피점은 과거와 현대가 공존하는 듯 드나드는 연령층이 다양했고 가족 단위의 고객도 많았다. 약간은 가려진 자기만의 공간에서 맛있는 커피와 다양한 메뉴를 맛보며 여유를 즐기는 것이리라.

후쿠시마 노리코(福島規子) 점장은 "고메다 커피점의 정신은 분위기 못지않게 맛에 중점을 두고 있습니다. 제조산지를 엄선하고 재료에 대한 품질관리를 엄격하게 시행하고 있지요" 하면서 활짝 웃었다. 또한 그녀는 "손님이 문을 열고 가게에 들어서서 커피를 마시고 돈을 지불하고 나갈 때까지 종업원들의 밝은 미소와 신문 잡지 제공 등은 '항상'이라는 서비스 정신을 기본으로 하고 있습니다"라고 말했다.

계산대의 종업원 가스가이(春日井) 씨는 내가 "하루에 손님이 얼마나 방문하느냐"고 묻자 "많을 때는 1,200~1,300명 정도가 다녀간다"고 했다.

이 커피점은 오전 6시 30분부터 밤 11시 30분까지 문을 열어 고객을 맞이한다. 이른 아침 문을 열 때부터 오전 11시까지 무료로 제공하는 모닝세트가 특히 인기 만점이다.

크라운 플라자 호텔의 지배인 후루다 히토미(古田仁美)의 말을 들어봤다.

"무더운 날씨에는 집에서 음식 만들기가 번거롭겠지요? 휴일이면 가족 전체가 모닝세트를 즐기려고 고메다 커피점으로 갑니다. 나고야의 독특한 풍습이자 문화이기도 합니다."

다음날 아침 나는 그녀가 표시해 준 지도를 들고 호텔 근처의 고메다 커피점을 찾았다. 오전 10시인데도 커피점 앞에는 사람들이 길게 서 있었다. 줄서기에 익숙한 일본인들이지만 오전 시간 때의 커피숍에서는 흔한 일이 아니라서 신기했다. 나는 줄의 꽁무니를 이었다. 대기자 명부에 이름을 쓰는 것은 기본. 20분쯤 후 부름을 받고 자리에 앉았다. 커피를 주문하자 무료 모닝세트 중 마음에 드는 메뉴를 선택하라고 했다. 가격은 커피 한 잔 값(400엔) 그대로였다.

건너편 테이블에서는 머리가 하얗게 센 할아버지가 샐러드 한 접시를 놓고서 커피를 마시면서 신문을 보고 있었다. 잠시 후에 두툼한 토스트와 계란이 나왔다. 아침 식사로 충분한 양이었다. 커피 한 잔 값에 토스트와 계란을 덤으로 제공한다. 이

커피와 함께 제공되는 인기 만점 무료 모닝세트

러고서도 적자를 면할 수 있을까.

"절대로 적자가 나지 않습니다. 적자가 나면 이렇게 오랫동
안 무료 모닝세트를 시행할 수가 없지요."

웃음 띤 얼굴로 종업원 마에다(前田) 씨가 말한다. 커피를 마시
며 신(新) 메뉴 안내글을 살펴보았다. '세 자매로부터의 인사'가
재미있었다.

올해는 커피에 첨가하는 홍차와 밀크를 준비했습니다. 접시꽃(葵)
은 적당한 쓴맛과 우아한 단맛을, 벚꽃(櫻)은 찻잎에서 우려낸 순
한 맛을, 제비꽃(菫)은 우유의 깊은 맛과 그리움을, 세 자매 공히
일본 특유의 단맛이 특징입니다. 올 겨울은 일본의 전통적인 단맛
과 따스함으로 여러분을 모시겠습니다. 마음 편하게 즐겨 보시기
바랍니다.

고메다 커피는 뜨거운 여름 더위를 식히는 팥빙수를 '핫'하게 팔면서 '접시꽃·벚꽃·제비꽃'의 신 메뉴를 세 자매로 명명해 고객들의 가슴을 적시고 있었다. 아직은 멀리 있는 겨울 메뉴이지만.

이 회사는 2011년 12월 12일 새로운 도전을 시작했다. 지방 나고야를 벗어나서 수도권으로 진출한 것이다. 우리의 경우 주로 서울의 매장을 지방으로 확산시키는 것을 하나의 공식으로 생각하고 있다. 그러나 고메다 커피는 역(逆)으로 '나고야발' 커피문화를 수도권을 비롯한 일본 전국으로 확대하고 있다. 어디에서 나오는 파워일까. 시대의 흐름을 잘 읽는 마케팅 전략이다.

음식 유통과 프랜차이즈 분야의 전문가인 도쿄의 도미타 가즈나리 씨는 "고메다 커피점의 가장 큰 매력은 저출산·고령화 시대에 걸맞은 맞춤형 서비스입니다. 조식은 고령자 부부들의 아침 운동 후에 즐기는 간단한 식사, 점심은 주변에서 살고 있는 가족 모임과 비즈니스 상담 장소의 제공, 저녁은 양식당으로서의 레스토랑 기능을 충족시키는 가능성이 높은 비즈니스 모델로 주목받고 있습니다"라고 말한다.

후쿠오카(福岡)의 나카무라 조리·호텔전문대학 나카무라 테쓰(中村哲) 이사장도 "고메다 커피점의 빵맛이 뛰어난 것으로 정평이 나있다"고 했다. 요리학교를 운영하고 있는 사람의 입장에서 공정한 평가를 한 것이다.

고메다 커피는 중국 상하이(上海)에 두 개의 분점이 진출해 있다. 도쿄 본사의 개발사업부 야마사키(山崎)에게 전화를 걸어서 한국 진출에 대한 의견을 묻자 "한국은 이미 커피숍이 포화 상태라고 들었습니다. 저희가 들어갈 틈이 있을까요"하면서 껄껄 웃었다. 그의 목소리에는 가능성이 담겨 있었다. '한·일 간의 커피 대결이 새로운 이슈가 될 수 있을 것 같다'는 생각을 하면서 전화를 끊었다. 그의 웃음이 길게 여운을 남겼다. 커피 향처럼 진하게.

9

"울지 않는 두견새는 죽여야 한다." -오다 노부나가(織田信長)

"울지 않는 두견새는 울게 해야 한다." -도요토미 히데요시(豊臣秀吉)

"울지 않는 두견새는 울 때까지 기다려야 한다." -도쿠가와 이에야스(德川家康)

임진왜란을 일으킨 도요토미 히데요시가 끼여 있으나 세 사람은 공히 나고야 출신이자 일본의 3대 영웅으로 불린다. 나의 나고야 지인들은 수시로 일본 3대 영웅에 대해서 자랑 삼아 이야기하면서 어깨를 으쓱거린다. 이는 나고야 사람들의 마음속에 내재된 자존심이기도 하다.

이러한 나고야 사람들에게 또 다른 자존심이 있다. 다름 아닌 장어덮밥이다. 나고야에는 미소(味噌)우동, 기시멘, 핫쵸우동 등 맛있는 음식들이 많으나 그중에서 으뜸을 꼽는다면 단연 장어덮밥인 '히쓰마부시(櫃塗し)'다.

"오늘의 점심은 아이치(愛知)현 나고야의 명물 히쓰마부시로 합시다."
"좋습니다. 대환영입니다. 그런데 히쓰마부시의 특징은 무엇입니까?"
"장어를 3일 동안 굶기는 것부터가 특이합니다. 이유는 장어의 체내에 있는 불필요한 기름기를 빠지게 하고, 맛이 좋은 지방성분만 남기도록 하기 위해서입니다. 또 하나, 장어도 장어지만 양념을 하는 소스가 독특합니다. 130여 년 이상의 전통을 지닌 것이지요."

나고야의 자존심, 히쓰마부시

이토 슌이치 씨의 말을 듣는 것만으로도 침이 꿀꺽 넘어갔다. 한두 번 먹어본 음식이 아니건만, 언제 먹어도 물리지 않는 맛이라서다.

일본에는 일찍이 가바야키(蒲燒)가 발달했다. 이는 일본의 '식(食)문화'와도 깊은 관련이 있다. 가바야키는 육류·어류 등에 소스를 발라서 굽는 방식이다. 우나기돈부리(鰻丼, 장어덮밥) 등의 조리 방법도 그것과 같은 맥락에서 살짝 변형된 형태이다. 히쓰마부시는 이러한 요리 방법에 기초를 둔 장어덮밥이자 나고야의 독특한 풍미를 지니고 있는 향토 요리다.

히쓰마부시라는 이름의 탄생도 흥미롭다. 히쓰(櫃)란 뚜껑이 위로 열리는 상자(밥통)다. 마부시에 대해서는 두 가지 설이 전설처럼 흐르고 있다. 하나는 예로부터 간사이(關西) 지방에는 장어덮밥을 의미하는 '마무시'라는 음식이 있다는 것. '마부스(장어덮밥을 뜻하는 고유명사)'에 어원을 두고 있는 말이 '마부시'로 바뀌었다는 설이다.

나무로 만든 히쓰(밥통, 좌)와 마부시(우)

나고야에서 히쓰마부시가 생겨난 과정도 재미있다. 과거 나고야의 고급 식당에서는 장어의 몸통을 제외한 나머지 부분을 그대로 쓰레기통에 버렸다. 이때 한 종업원이 '비싼 장어를 버리지 말고, 잘게 썰어서 장어 덮밥을 만들면 어떨까'라는 아이디어를 내어 히쓰마부시가 탄생하게 됐다. 한 종업원의 작은 아이디어가 싹을 틔워서 오늘날 일본 전역에서 이름을 날리는 상품화의 열매를 맺은 것이다.

일본에서는 뱀장어를 우나기(鰻)라고 한다. 영어 이름이 'Japanese eel'이라는 것만 봐도 일본과 뱀장어가 깊은 관련이 있다는 것을 알 수 있다. 뱀장어는 멀리 필리핀 인근의 깊은 바다에서 짝짓기를 하며 700만~1,200만 개의 알을 낳고 죽는다. 부화된 알은 실뱀장어가 되어 강을 거슬러 올라가는데, 이들을 그물로 잡아서 양식을 하는 것이 일반화됐다.

그렇다면 일본에서는 언제부터 이러한 뱀장어 양식을 시작했을까. 기록을 찾아보니 메이지 12년인 1880년, 도쿄의 심천(深川)에서 뱀장어 양식이 시작됐다. 현재 일본 제일의 뱀장어 양식지는 규슈의 가고시마(鹿兒島)현이고, 두 번째가 바로 나고야 지역인 아이치(愛知)현이다. 과거 한 때에는 시즈오카(静岡)·아이치·미에(三重)현이 일본 뱀장어 양식의 90%를 차지했었다. 히쓰마부시가 나고야 지역에서 출현하게 된 데는 그럴 만한 이유가 있다.

"히쓰마부시의 원조 아쓰다(熱田) 호라이켄(逢來軒)으로 갑시다. 때가 때인지라 서둘러서 가야 합니다."

불볕더위가 기승을 부리던 날이었다. 호라이켄은 히쓰마부시의 원조로 유명하다. 호라이켄은 메이지 6년(1874)부터 아쓰다 신궁 내에서 히쓰마부시를 만들었다. 13년 후인 1887년, 아쓰다 호라이켄이 히쓰마부시의 상표를 등록함으로써 공고한 위치를 확보하게 됐다. 그렇다고 해서 호라이켄이 상표권을 독점했다는 의미는 아니다. '히쓰마부시'라는 나고야 향토음식의 상표화를 도모했다. 나고야 사람들은 그 상표권을 바탕으로 나름대로의 특성을 가미해 일본 최고의 장어덮밥인 히쓰마부시를 발전시켜 왔다.

부지런히 움직여 호라이켄에 도착한 것은 오전 11시 50분. 한 종업원이 가게 앞에서 기다리고 있던 손님들을 호명하고 있었다.

"12시 예약 손님 들어오세요."

이 가게는 오전 11시에 문을 연다. 낮 12시에 입장하는 손님은 이른 아침부터 줄을 섰다는 이야기다. 땡볕에서 3시간 이상을 기다린 손님들의 인내심은 거의 노벨상 감이었다. 차에서 내려 호라이켄 입구로 다가가 기웃거리자 종업원이 먼저 내게 말했다.

"지금부터 3시간 30분 기다리셔야 합니다."

입구에는 대기 시간 3시간 30분이라는 푯말까지 세워져 있었다. 나는 주저하지 않고 돌아서고 말았다. 뜨거운 태양 아래에서 3시간 30분을 기다릴 용기가 나지 않아서다. 그러고서 다시 이름 있는 가게를 돌아다녔다. 그러나 어딜 가도 기다리는 시간은 대체로 비슷했다. 다시 백화점 지하에 주차를 하고 식당 층으로 올라갔다. 그곳도 대기 시간이 크게 다르지 않았다.

최후의 선택. 대기자 명부에 이름을 등록하고서 백화점을 돌아다녔다. 2시간쯤 후에 가게 앞으로 가자 차례는 아직도 멀리 있었다. 지친 나머지 가게 앞 의자에 앉아서 30분을 기다렸다. 기다리는 동안 이토 씨가 페이스북에 올라온 히쓰마부시에 대한 글을 보여주었다.

· 저는 호라이켄 본점에서 4시간을 기다렸습니다. 대기자 명부에 이름을 올리고 수족관 구경을 다녀왔어요.

· 왜? 예약을 받지 않나요? 타 지역에 살고 있는 사람으로서 화가 났습니다. 그러나 언젠가 나고야에 간다면 또 기다리려고 합니다. 맛이 너무 좋았기 때문이지요.

· 소재(素材)를 엄선하고, 탄(炭)을 엄선하고, 기(技)를 엄선합니다.

좋은 재료와 좋은 숯에 기술을 더해서 맛있는 장어덮밥을 만들어 내고 있다는 말이다. 좋은 재료는 기본이고 장어를 굽는 숯과 손맛이 좋아야 한다는 평범하면서도 의미 있는 뜻을 내포하고 있다.

이 식당에서 판매하는 여러 가지 종류의 일본요리가 있었지만, 주문은 간단명료했다. 명물인 히쓰마부시가 주(主)메뉴이기 때문이다. 주변 사람들도 모두 히쓰(밥통) 하나씩을 앞에 놓고 장어 맛에 심취해 있었다. 잠시 시간이 흐르자 젊은 종업원이 땀을 뻘뻘 흘리면서 음식을 내왔다. 가게의 미시마 류지(三島龍治) 점장이 다가와서 먹는 방법에 대해서 설명했다.

"먼저 주걱을 듭니다. 밥통의 뚜껑을 열고서 주걱으로 밥을 4등분합니다. 그리고 한 부분씩 밥공기에 덜어서 드시기 바랍니다. 첫 번째는 지금 그대로 드시고, 두 번째는 와사비와 파·김을 넣어서 드시고, 그 다음은 오차즈케(お茶漬け)로 드시면 됩니다. 마지막은 손님께서 가장 맛있었다고 생각하는 형식으로 드세요."

오차즈케는 가다랑어나 다시마, 멸치 등을 삶아서 우려낸 국물인 다시(出し汁)를 밥에 부어서 말아 먹는 방식이다. 살며시 히쓰의 뚜껑을 열자 붉게 그을린 장어들이 촘촘하게 밥을 덮고 있었다. 맛있는 냄새와 함께 봄 안개 같은 김이 모락모락 피어올랐다. 나는 미시마 점장이 설명한 대로 나무주걱을 곧추세우

히쓰마부시에 매료된 한국 관광객들

고 밥의 영역을 넷으로 나누었다. 비빔밥이 나의 입맛에 맞아서일까? 나는 언제나처럼 두 번째 방식인 비빔밥 형식을 다시 한 번 선택했다. 옆자리에서 한국말이 들려서 물어봤더니, 한국과 도쿄에서 나고야로 여행 온 사람들이었다. 그들은 "소문난 히쓰마부시를 드디어 먹어 보게 됐다", "과연 소문대로군요" 하면서 만족스러워했다.

"꼬챙이 끼기 3년, 자르기 5년, 굽기 일생."

일본 요리사(匠人)들의 노력에 대한 내용을 한마디로 압축한 말이다. 비슷한 의미이나 지역별로 다소 차이가 있다. 첫 번째가 간토(關東) 지방의 말이고, 두 번째가 간사이(關西) 지방에서 회자되고 있는 말이다. 결론적으로, 고기나 생선을 잘라서 꼬챙이에 일정하게 끼는 일이 '하루아침에 되지 않는다'는 말이다.

특히 굽는 일은 더 어렵다. 설익어도 안 되고, 과도하게 익혀도 안 되기 때문이다. 굽기는 일생 동안 해야 할 지난(至難)한 일인 듯싶었다.

가게의 미시마 점장은 일에 방해가 되기 때문에 주방의 외부에서만 사진 촬영을 하도록 허용하면서 요리사들의 자세에 대해서 말했다.

"요리사들은 항상 긴장하고 있습니다. 특히 '굽기 일생'이라는 말은 고객의 입맛에 맞는 굽기를 위해서는 세심한 주의를 하지 않으면 안 된다는 것이지요. 그날그날의 실패를 반성해서 시행착오가 생기지 않도록 하기 위한 마음을 평생 동안 간직해야 한다는 것입니다."

그렇다. 잠시라도 방심하면 안 되는 일이다. 체력·정신력·기술력이 모두 필요하리라. 일본은 음식 하나하나를 지역별로 브랜드화하고 있다. 그 지역의 특성을 살린 음식이 지역을 대표하는 명물로 자리하여 사람들이 스스로 찾아오게 한다. 어찌보면 평범한 장어덮밥을 4등분해서 먹도록 하는 스토리텔링도 나고야다운 발상인 것이다.

우리나라도 풍천장어, 전주비빔밥, 함흥냉면 등 지역을 대표하는 유명 음식들이 많이 있다. 하지만 우리의 음식들은 어느 지역에서나 흔히 먹을 수 있는 보편적 음식이 돼 버렸다. 독특한 특성, 즉 매력의 포인트가 없어 보인다. 우리도 명품 음식을 지역별로 특화해야 한다. 이것이 바로 한국 음식의 세계화를 위한 기초라고 생각한다.

10

우리나라 도심지 점심시간의 커피숍은 북새통이라고 해도 과언이 아니다. 자리를 잡는 것은 하늘의 별따기고 테이크아웃을 원하는 줄도 길게 이어진다. 대형빌딩의 경우 6~8개의 커피숍들이 지하 일층에서 지상 2층까지 점거하고 있는데도 그렇다. 커피숍이 늘어나는 것은 우리나라 사람들이 커피에 열광하는 이유도 있지만 경영주들의 공격적인 전략 때문이기도 하다. 하지만 일본 고베(神戸)의 한 커피숍은 점포를 늘이는 일에 신중을 기한다. 도모야마(伴山) 점장의 말이다.

"저희 커피숍에서는 커피에 가장 알맞은 물을 사용하고 있습니다. 한정된 물의 공급 때문에 점포를 더 이상 확대할 수 없습니다."

커피콩이 아니라 물 때문이다? 나는 의문점을 가지고 물에 대해서 조사해 봤다. 조사 결과 물이 커피에서 차지하는 비중은 무려 99%였다. 커피의 원두도 중요하지만, 물 역시 커피의 맛을 좌우하는 중요한 요소. 물은 미네랄 함유량에 따라 연수(軟水), 중경수(中硬水), 경수(硬水)로 분류된다. '한정된 물 때문에 점포 확장이 어렵다'고 한 말이 이해가 갔다.

'니시무라(西村)'라는 고베의 커피숍은 창업 당시부터 커피를 끓일 때 일본의 명수(名水)인 '미야미즈(宮水)'를 사용했다. 지나치게 강하지 않은 적당한 경도의 물이 커피 맛을 한층 높여주기 때문이다. 이러한 부분까지 세심한 배려를 하는 것이 커피를 만드는 사람의 기본 정신이자 자세다.

이 커피숍은 그 명성에 비해 점포가 14개에 불과했다. 고베에 10개, 오사카에 1개, 그리고 인접 도시에 3개뿐이다. 앞으로도 '더 이상 확대할 계획이 없다'고 했다. 앞에서 말했듯이 물 때문이다.

니시무라 커피숍은 1948년 테이블이 3개인 작은 커피 가게로 시작됐다. 1948년은 전쟁이 끝난 지 겨우 3년 후라서 일본 전체가 대단히 궁핍했던 시절이기도 하다. 그 시절 일본에서는 커피콩 대신 대두(大豆)로 만든 대용커피를 마시기도 했다. 그러한 시대에 이 커피숍은 '자긍심을 높여주는 한 잔의 커피를 제공했던 곳'으로 이름을 떨쳤다.

고베의 외국인 마을에 있는 이 커피숍은 1974년에 회원제를 도입했다. 각계각층의 저명인사들이 회원으로 참여해 사교와

고베의 니시무라 커피숍

휴식의 장(場)으로 이름을 떨쳤지만, '1995년 한신 대지진을 계기로 다시 태어났다'고 한다.

벽돌로 지어진 건축물은 상하이의 영국 풍 양옥을 모티브로 삼아 서양의 냄새가 물씬 풍기는 건물이었다. 입구에 달린 '창업 1948년'이라는 간판이 역사의 흐름을 증명했고, 담쟁이넝쿨이 세월을 휘감고 있었다. 커피숍 내부의 앤티크한 가구들도 고풍스러운 자태를 과시했고, 조각품 하나하나가 일본이 아닌

고베 니시무라 커피숍의 안내 간판

유럽을 연상하게 했다.

그러나 커피 값이 꽤나 비싼 편이었다. 일반 커피가 800엔
~900엔(8,000원~9,000원)이었고, 세계 2위라는 하와이 코나 커피
는 한 잔에 1,000엔(10,000원), 세계 1위의 권좌를 지키고 있는 자
메이카 블루마운틴은 한 잔에 1,200엔(12,000원)이었다.

"이 한 잔의 커피에 담겨 있는 것은 단순한 가격이 아니라 돈
으로 계산할 수 없는 무수한 상상력입니다. 블루마운틴, 킬리만
자로, 모카 등을 블렌딩하는 것은 각각의 특성을 지닌 일등급
커피를 만들기 위한 것입니다. 또한 저희 니시무라는 일본 커
피 업계에서 최초로 산지별 원두커피를 메뉴로 제시했습니다.
카푸치노, 비엔나커피, 커피 젤리 등도 저희 니시무라가 선구자
역할을 수행한 것입니다. 이러한 노력으로 한 잔의 커피를 통

해서 '고객 만족과 고객 감동'이라는 용어가 등장한 것이지요."

나는 도모야마 점장의 말을 듣고서 커피 값이 비싸다는 생각을 접었다. 그렇다. 단순하게 매출을 높이고 점포수를 무분별하게 늘려가는 것보다는 '커피의 맛과 문화'를 이어갈 수 있는 '장인정신'이 필수적이다. 프랜차이즈를 무분별하게 늘려나가면서 세(勢)를 과시하는 커피숍들은 자신을 뒤돌아볼 필요가 있다.

최근 커피는 새로운 시대를 맞고 있다. 지역이나 농장 등의 개성 있는 스페셜티 커피가 등장했다. 와인처럼 산지별, 품종별로 커피를 선택하는 시대에 돌입한 것이다.

일본의《커피의 기초 지식》이라는 책에 기술되어 있는 커피에 대한 이야기다. 오늘날 커피는 이처럼 새로운 시대를 맞고 있다. 나는 이러한 커피의 역사와 문화를 배우기 위해 도전을 계속하고 있다. 고베의 이와타(岩田) 씨 가족과 함께 니시무라 커피점을 찾은 이유도 그러했다.

11

일본은 '철도의 나라'라고 해도 과언이 아니다. 그만큼 철도망이 잘 발달돼 있다. 1872년에 도쿄의 신바시(新橋) – 요코하마(横浜) 노선이 첫 개통된 이후로 일본의 철도는 급속도로 늘어났다.

이러한 철도의 발달과 더불어 빼놓을 수 없는 인기 품목이 하나 있다. 바로 우리에게도 귀에 익은 에키벤(駅弁)이다. '역에서 파는 도시락(駅売り弁当)'의 줄임말이다. 에키벤은 기차역에서 판매하는 도시락을 지칭한다. 기차 내부에서 판매하는 것도 있으나 대체로 역 구내에서 판매하는 것을 말한다. 에키벤은 1885년 도치기현(栃木県) 우쓰노미야역(宇都宮駅)에서 판매가 시

작된 것으로 알려져 있다. 에키벤의 역사가 135년을 넘어서고 있는 것이다.

　"도쿄 역!"
　"저기 초(超)특가 도시락 아직 남아 있나요?"
　"네! 마지막 한 개가 남아 있습니다."
　"우와! 드디어 구했다."
　"고기 맛이 잘 살아있어서 씹으면 씹을수록 농후한 맛이 입안에 퍼지는데….."

이 에키벤은 도쿄 역에서 제일 비싼 도시락으로 여행 기념으로 사왔다. 이름 하여 '에키벤 홀로 여행'을 기념하는 첫 번째 도시락.

'하야세 준(Hayase 淳)'의 만화 《에키벤 홀로 여행》에서 나오는 〈도쿄역〉 편의 한 부분이다. 에키벤의 인기와 맛을 실감나게 각인시키는 대목이다. 이 만화는 주인공이 일본 전국을 철도로 여행하면서 지역별 에키벤의 맛을 소개하는 형식을 취하고 있다. 도대체 얼마나 비싸기에 '도쿄 역에서 제일 비싼 것으로 샀다'고 주인공이 자랑하고 있을까. 만화에서는 초특가 도시락의 값을 3,800엔(약 38,000원)으로 표기했다. 역에서 파는 도시락치고는 제법 비싼 편이다.

도쿄 역은 사람들로 붐볐다. 언제나처럼. 나는 일본 친구 도미타 가즈나리 씨와 함께 역 지하의 초밥집으로 갔다. 그는 스키지(築地) 시장에서 직영하는 가게라서 해산물이 신선하다고 했다.

"요즈음 일본은 생선보다는 육류 소비가 늘어나고 있습니다. 어쩌면 육류 붐인지도 모르겠어요."

나는 도미타 씨의 말을 들으면서 하야세 준이 쓴 도쿄역의 초특가 에키벤에 대한 이야기를 꺼냈다. 백문이 불여일견. 초특가 에키벤의 가격에 대해서 알아보기로 했다. 식사를 마치자마자 바로 에키벤의 가격을 확인할 수 있었다. 그리 멀지 않은 곳에서 에키벤을 팔고 있었기 때문이다. 가격을 보는 순간 나의 입이 딱 벌어지고 말았다. 9,980엔(약 10만 원)짜리 도시락이 진열대에서 위풍당당하게 자리 잡고 있었다. 이름 하여 '극미도시락(極味弁当)'이다.

도쿄역의 10만 원짜리 도시락과 도시락에 대해 설명하는 직원

아무리 맛이 뛰어나다고 한들 과연 이토록 비싼 도시락이 몇 개나 팔릴까? 호기심에 물어보니 가게의 종업원은 "많이 팔리지는 않으나, 하루에 3개에서 5개 정도 팔린다"고 답했다. "기차 여행객 중에서도 마니아들이 선호하는 도시락"이라고 덧붙였다.

프랑스의 '장 카스타레드(Jean Castarede)'는 저서 《사치와 문명》에서 "사치가 없는 인류는 생각할 수 없다. 역사가 시작된 이래 인류의 문명에는 늘 사치가 함께했기 때문이다"라고 했다. 그래도 나는 '도시락 한 개에 우리 돈으로 약 10만 원'이라는 사실이 지나친 사치처럼 느껴졌다. 도미타 씨는 "도쿄보다는 교토(京都)에 이런 고급 도시락을 좋아하는 마니아들이 많다"면서 "그들이 기차 여행을 하면서 고급도시락을 멋스럽게 즐긴다"고 했다.

극미도시락에 들어가는 소고기는 맛 좋기로 소문난 흑모와규(黑毛和牛)를 사용한다. 흑모 소고기는 1900년부터 재래종과 유럽계의 교배로 탄생한 종으로, 일본의 효고(兵庫)현에서 대부분 생산되고 있다.

친절한 여자 종업원은 "흑모와규의 특징은 육질의 결이 가늘고 부드러우며 색깔은 선명하고 홍적색을 띠고 있다"고 설명했다. 그래서 만화의 주인공이 "고기 맛이 잘 살아있어서 씹으면 씹을수록 농후한 맛이 입안에 퍼진다"고 했을까?

도쿄역에서 판매하는 다양한 에키벤들

　그렇다고 해서 이 가게의 도시락이 모두 고가(高價)인 것은 아니었다. 1,780엔, 2,180엔, 2,680엔, 3,200엔짜리 등도 많이 팔리고 있었다.

　나와 도미타 씨는 지하 일층에서 나와 일층 역 구내로 올라갔다. 때마침 역 구내 중앙로에서 에키벤 판매 축제를 하고 있었다. 해산물 도시락, 새우 도시락, 명란젓 도시락, 복어 도시락 등 일본 전국의 내로라하는 도시락이 한 자리에 모여 있었다.

　값은 대체로 1,000엔(1만 원)대. 일반인들이 선호하는 가격이었다. 모여든 사람들이 무척 많았다. 계산대 앞에 늘어선 사람들은 각종 도시락을 한 보따리씩 들고 있었다. 꼭 기차 여행을 하는 사람들만은 아닌 듯했다.

"이 에키벤이 인기가 있어서 기차를 타지 않더라도 인터넷으로 주문하기도 합니다. 그만큼 인기가 높다는 것을 말해주고 있습니다."

도미타 씨의 귀띔이다. 기차역에서 파는 도시락이 고급화를 지향하면서 당당하게 다른 상품들과 어깨를 겨루고 있는 모습이 특이하면서도 의미가 있어 보였다.

12

일본의 밤 문화 가운데 서민적인 것을 꼽으라면 이자카야와 포장마차(屋台)에서 즐기는 술자리가 있다. 특히 포장마차는 저녁식사나 회식을 마치고 집에 돌아가기 전에 한 잔 더 꺾는 낭만이 서린 곳이다. 포장마차는 일본어로 '야타이'라고 하는데, 이동식 간이 가게를 말한다. 세계 각지에 여러 가지 형태의 포장마차가 있으나 일본의 야타이는 나름대로 서민문화로써 자리하고 있으며, 지역별로 독특한 특성을 지니고 있다.

규슈 북동부에 위치한 후쿠오카의 경우 나카스(中洲) · 텐진(天神) · 나가하마(中浜) 지구 등을 '포장마차 거리'라고 지칭할 정도로 야타이가 집단을 이루고 있다.

후쿠오카의 포장마차 거리

낮 동안 자취를 감췄던 포장마차는 어둠이 깔리는 초저녁이
면 어김없이 정체를 드러낸다. 날씨가 따뜻한 규슈는 상설 포
장마차가 계절에 관계없이 장기간 영업이 가능한 환경이라 후
쿠오카 식 포장마차의 문화를 정착시켜 왔다.

후쿠오카의 포장마차는 대체로 이동식이 아니고 고정 장소
에서 영업을 하는 방식이다. 전기는 포장마차를 영업하는 장소

에 전용 전원을 설치하고, 수도는 가까운 빌딩과 계약해서 사용하고 있다. 가스는 자기 부담으로 프로판 가스를 쓴다. 라디오나 텔레비전을 비치한 포장마차도 많고, 휴대 전화로 사전에 예약을 받기도 한다.

나는 업무상 후쿠오카에 자주 간다. 그런 관계로 특히 후쿠오카에 지인들이 많다. 오츠보 시케타카(大坪重隆) 씨를 비롯한 이노우에 히로유키(井上博之) 씨와 이노우에 타카미(井上剛實) 씨와는 오랫동안 알고 지냈다. 그중 나이가 아래인 이노우에 타카미 씨를 거의 10년 만에 만났다. 그는 세계적인 광고회사인 덴츠(電通)의 서울 지사장을 지내기도 했다. 세월이 흘렀어도 나는 그를 한눈에 알아볼 수가 있었다.

그들은 나를 택시에 태워서 후쿠오카에서 가장 번화한 거리인 텐진으로 안내했다. 우리가 향한 곳은 나의 오랜 친구인 와타나베 아키라(渡邊章) 씨의 친척집인 '소안(笑庵)'이라는 이자카야였다. 생두부, 야채 등 신선한 안주와 사케가 나왔다. 이들은 한국을 사랑하는 모임인 〈나들이 클럽〉 멤버들이어서 한국말을 비교적 잘 하는 편이다. 그래서 우리가 주고받는 대화는 한국말과 일본말이 뒤섞인 비빔밥이었다.

나이가 많은 이노우에 히로유키 씨는 한국말로 스스로를 '어르신'이라고 해서 좌중을 웃겼다.

"내가 어르신입니다."

"자기 스스로 어르신이라고 하면 안 된다"고 내가 말하자 모두가 자지러졌다. 이유 불문. 그 후 이노우에 씨의 별칭이 자연스럽게 '어르신'으로 바뀌었다. 어차피 어르신이기 때문이다.

대화는 동계 올림픽에서 약진하는 한국 선수들의 쾌거가 이슈였다. 이들은 한국 젊은 선수들의 활약을 부러워하면서 일본의 젊은이들을 걱정했다. 체력은 국력이라고 했던가. 금메달이 하나도 없는 일본은 "국가적인 차원에서 스포츠를 육성하는 한국을 본받아야 한다"고 했다. 나는 화제를 바꿔서 세계적인 이슈가 되고 있는 도요타 자동차의 리콜 문제를 꺼냈다.

"실패는 성공의 어머니입니다. 도요타의 시련은 '더 큰 성공을 위해서 내공을 쌓게 될 것'입니다. 도요타 문제는 나고야 친구들에게 물어보세요. 자! 술이나 마십시다. 건배!"

낙천적인 후쿠오카 사람들의 기질 때문이기도 하지만, '가급적 도요타 문제를 거론하고 싶지 않다'는 분위기를 감지할 수 있었다. 술이 몇 순배 돌자 와타나베 아키라 씨가 선물을 한보따리 안고 나타났다. 그는 〈나들이 클럽〉의 부회장을 맡고 있었다.

분위기가 슬슬 무르익자 다나카 세이코(田中誠剛) 씨가 합류했다. 그는 나이와 관계없이 세상을 젊게 사는 사람 같았다. 활기 넘치는 목소리가 포장마차의 천정을 뚫을 정도였으며 사람들과의 대화를 주도했다. 이 집은 특히 술의 종류가 많고 안주도 다양했으나, 다나카 씨는 내가 한국인이라는 사실을 알고서 장소를 옮기자고 했다. 막걸리를 마시러 가자는 것이다. 자신이 보기에는 그 집의 막걸리 맛이 너무나 좋다며, 한국사람 입장에서 품평해 달라는 주문이었다. 그 막걸리는 재일교포 할머니가 직접 제조하는 한국 막걸리라고 했다.

우리 그룹은 어느덧 6명으로 불었다. 나이가 지긋한 실버 멤버들인지라 나는 젊은이로 통했다. 나이로 치면 제법 무거운 나이들인데 발걸음만큼은 봄바람처럼 가벼웠다. 후쿠오카는 온화한 날씨라고는 하지만, 아직은 쌀쌀한 밤공기를 안으며 텐진 거리를 활보했다.

계단에서 넘어졌다는 다나카 세이코 씨는 지팡이를 짚고 텐진 골목길을 몇 바퀴 돌아서 단골집인 듯한 포장마차 하나를 찾았다. 그런데 문제가 발생했다. 앉을 자리가 없었다. 줄을 서서 기다릴 여유가 없어서 어르신 이노우에 씨의 단골 포장마차로 가기로 했다. 대신 이노우에 씨가 막걸리 한 병을 샀다. 한국의 막걸리보다 병이 더 크기는 했지만 막걸리 가격이 3,000엔(3만 원)이나 했다. 나는 한국 막걸리가 그토록 인기 있다는 사실은 기뻤으나 값이 너무 비싸다는 생각이 들어 구입을 말렸다. 하지만 분위기 상으로 더 이상 말릴 수가 없었다.

　다른 포장마차도 상황은 비슷했다. 출퇴근 시간 붐비는 지하
철을 타듯 우리는 좁은 포장마차를 비집고 들어가 자리를 잡
았다. 일행의 좌우로 3명씩 모르는 사람들이 앉아 있었다. 약
간 취기가 오른 젊은 이노우에 씨가 왼쪽 사람들에게 막걸리를
권했고, 매사에 열정이 넘치는 오츠보 씨가 오른쪽 사람들에게
막걸리를 권하자 분위기가 달아올랐다. 막걸리의 맛이 서울과
는 달리 밋밋했으나 인기가 있었다.

　막걸리 잔이 몇 순배 돌자 처음 만난 사람들이 자신들의 근
무처와 고향, 졸업한 학교의 이름 등을 줄줄이 말하게 되었다.

포장마차에서 즐거워하는 사람들

결국 출신대학으로 대화가 좁혀져 메이지(明治) 대학과 게이오
(慶應) 대학으로 압축되었다. 나를 중심으로 왼쪽 편은 메이지
대학의 교가를, 오른 편은 게이오 대학의 응원가와 교가를 불
렀다.

　나이와 직업을 불문한 이들의 열정은 포장마차를 불태우고
(燃える)도 남았다. 새벽 한 시가 다 되어 내가 먼저 자리를 떴다.
다음날 일정이 '이른 아침부터 시작된다'는 것을 이해한 그들
은 나를 해방시켜 주었다.

"모두들 밤을 지새울 것인가!"

열정의 도시, 불타는 포장마차를 뒤로하고 돌아와 '조엘 오스틴(Joel Osteen)'의 《긍정의 힘》에 실려 있는 '열정(熱情)'에 대한 한 구절을 떠올려 보았다.

대단한 일이 일어나야만 삶의 열정이 생기는 것이 아니다. 완벽한 환경이나 완벽한 직장, 완벽한 가정에서 살고 있지 않더라도 마음 먹기에 따라 매일을 열정적으로 살아갈 수 있다.

70세가 넘었거나 80이 가까운 이들의 열정은 바로 그들의 '마음먹기'에서 비롯된 것이리라. 도쿄 사람들은 "도쿄는 포장마차 문화가 존재하지도 않지만, 적막하고 쓸쓸한 도쿄의 밤에 비해 후쿠오카의 밤은 항상 활기와 열정이 넘친다"고 한다. 그것이 바로 후쿠오카의 서정(抒情)이며 '사람 사는 냄새가 나는 것'이란다. 그래서일까? 업무에 시달리고 시간에 쫓기는 도쿄·오사카 등 대도시보다는 후쿠오카가 일본에서 가장 살기 좋은 곳으로 정평이 나있다. 도시 이름이 '행복의 언덕(福岡)'인 것도 이유 중의 하나일 것이다.

제 3 편

형제의 나라 터키의 전통과 멋

1

현지 시간 오후 3시 26분. 이스탄불 공항에 도착했다. 비행 11시간여 만이다. 그러나 여기가 끝이 아니었다. 다시 국내선으로 갈아타고 한 시간을 더 날아 터키의 수도인 앙카라 에센보아 공항에 도착했다. 시간은 오후 7시. 태양은 서편 하늘에서 미소 짓고 있었다. 터키의 태양이 우리나라보다 더 진했다.

공항에서 마주친 사람들의 모습은 피부 색깔과 머리 색깔들이 다양했으나 생김생김이 모두 영화배우 같았다. 영국의 '아른 바이락타롤루(Arin Bayraktaroğue)' 교수가 쓴 책 《세계를 읽다》의 터키편(정해영 옮김)에 아주 적절한 표현이 있다.

금발과 갈색머리가 공존하고 콧수염과 깔끔한 면도, 이슬람교도와 디스코, 소박한 건물과 위풍당당한 마천루, 케밥(Kebap) 가게와 고급레스토랑 … 동양 음악과 재즈, 마차와 벤츠가 나란히 공존하는 나라.

또한 아른 교수는 '터키인들은 로맨틱한 본성을 타고났다'고 했다. 터키인들은 첫눈에 사랑에 빠지고 두 번째 만남에서 청혼까지 할 수 있는 사람들이다고. 아른 교수는 터키인의 성격을 '자긍심'과 '친절'로 정의했다. 그렇다. 터키인의 자긍심은 하늘을 찌른다. 그러면서도 친절하다. 특히 한국인에게는 더없이 친절하다.

"안녕하십니까?"

우리말로 또렷하게 인사말을 건네면서 여권에 도장을 '꽝' 찍어준 출입국관리 직원의 첫 인상이 나의 마음을 녹였다. 호객 행위를 하는 사람들도, 일부러 먼 거리를 돌면서 소위 바가지를 씌우는 택시운전사들도 그리 밉지 않다. 그 속에 익살과 친절이 들어있기 때문이다. 내가 2012년 여수 해양 박람회 관련 홍보업무로 이스탄불을 왕래할 때도 그렇게 느꼈다. 언제나 기분 좋은 멘트로 다가왔던 기억들이 좀처럼 지워지지 않고 있다.

터키의 경제, 사회, 문화의 중심지는 이스탄불이고, 수도 앙카라는 예로부터 앙고라염소와 앙고라 울(wool)로 유명한 곳이다. 앙카라는 크게 신(新) 시가지와 구(舊) 시가지로 구분돼 있다. 박물관과 유적지가 많은 울루스(Ulus) 지구와 현대적인 번화가인 크즐라이(Kizilay) 등으로 나뉘어 있다.

울루스 광장의 아타튀르크 동상

　울루스 광장은 우리의 시청 앞 광장처럼 앙카라의 중심지였던 곳이다. 이 광장 중앙에는 터키의 초대 대통령 '무스타파 케말 아타튀르크'의 동상이 우뚝 서있었다. 그는 터키 독립 전쟁의 영웅이자 1923년 이 나라를 건국한 초대 대통령이다. 그가 대통령직을 수행한 기간은 15년. 이 기간 동안 그는 터키를 과감하게 변모시켰다.

　일부다처제를 없앴고, 여성들에게 참정권을 부여했다. 행정·입법·교육 시스템을 개조했고, 헌법 개정을 통해 칼리프 (Caliph, 이슬람의 최고 통치자)제를 폐지했으며, 정치와 종교를 분리하는 새로운 체계를 세웠다. 그래서 터키인들은 그를 '건국의 아버지'로 부른다. '아타튀르크'의 어원은 '건국의 아버지'라는 뜻이다.

그의 동상은 앙카라뿐만 아니라 터키 전역에 세워져 있다. 그만큼 국민들로부터 존경을 받고 있다는 증거다. 나는 울루스 광장에서 용맹스러운 무스타파 케말 아타튀르크의 동상을 오랫동안 쳐다봤다. 동상에서도 지도자의 기개를 느낄 수 있었다.

호텔에 도착해 여장을 풀고 두리번두리번 거리로 나갔다. "밤에는 위험하니 호텔 밖으로 나가지 말라"는 안내자의 당부를 흘려버리고. 시원한 생맥주라도 한 잔 하려고 나간 것이다. 그러나 맥주 한 잔 마시기가 생각처럼 그리 쉽지 않았다. 98%가 이슬람교도인 관계로 가게들이 대부분 술을 팔지 않아서다. 천신만고 끝에 허름한 케밥 집을 찾았다.

"BEER, OK?"
"OK!"

지극히 짧은 대화였으나 가게 주인의 행동은 전광석화였다. 그가 어디론가 전화를 하자 터키 맥주가 배달돼 왔다. 상술(商術)일지 몰라도 그의 친절함에 감동했다. 의사소통은 잘 되지 않았으나 서로의 감정은 통했다. 이름이 '아흐멧'이라고 했다. 그는 온갖 제스처를 다해서 '터키와 한국은 형제의 나라'라는 말을 하는 듯싶었다.

"세레피니제(당신의 미래를 위하여)!"

맥주 몇 잔을 마시면서 앙카라의 밤 분위기에 젖은 나는 아흐멧에게 "내일 저녁에 다시 오겠다"는 말을 남기고 가게를 나섰다.

시인은 아니지만, 앙카라 이면(裏面)의 모서리를 위태로이 걸었다. 터키의 키워드가 '세련된 역사와 문화'라고 했던가. 호텔에 돌아와서도 터키의 키워드를 찾으려는 호기심으로 잠을 쉽게 이룰 수가 없었다.

2

"선물로 사야 할 터키의 특산물은 무엇이죠?"
"당연히 '악마의 눈(Devil Eye)'이라는 액세서리입니다."

터키를 안내하는 사람들이 추천하는 선물 1호가 다름 아닌 '악마의 눈'이다. 많은 물건들 중에서 왜 하필 악마의 눈일까? 악마의 눈은 터키어로 '나자르 본주(Nazar Boncuğu)'라고 한다.

행운을 가져다주는 악마의 눈 액세서리

'나자르'는 '악마의 눈을 바라보는 것'을 의미하고, '본주'는 '구술'을 뜻한다.

터키인들은 너나 할 것 없이 이 '악마의 눈이 행운을 가져다준다'고 믿는다. 그래서 집 앞이나 집안 곳곳에 악마의 눈을 걸어둔다. 또한, 목걸이나 키홀더 등으로 만들어 몸에 지니고 다니는 부적의 개념으로도 사용하고 있다.

악마(惡魔, Devil)의 사전적인 의미는 '신에게 반(反)하여 인간들을 타락시키는 존재'이다. 종교적인 관점이 아니더라도 악마의 목표는 선량한 인간을 타락시키는 일에 몰두한다. 악마가 인간보다 우월한 능력을 지니고 있기 때문이다.

불운을 막아주는 아이템, 악마의 눈

저 악마 케르베로스(Kerberos)의 매우 치사하고 더러운 데가 있는
몰골도, 그리하여 그는 모두 귀머거리가 되게끔 흔들어대고 호통
쳤느니라.

'단테(Dante, 1265~1321)'의 《신곡》에 나오는 악마 이야기다. 악
마 케르베로스는 세 개의 머리와 뱀의 꼬리, 검고 날카로운 이
빨을 가지고 있는 저승의 문지기 개를 지칭한다. 상상만으로도
무서운 악마의 모습이다. 사람은 살아가는 동안 실존의 유무와
관계없이 때때로 악마에게 쫓기기도 한다.

그렇다면 악마의 눈을 몸에 지니고 다니면 오히려 화를 입지
않을까? 아니다. 그렇지 않다. 나자르 본주에 갇혀 있는 '악마
의 눈'이 가장 힘이 센 악마이기 때문에, 다른 악마들이 그 눈
을 보고 줄행랑을 친다.

휴머니스트 출판사에서 출간된 《처음 읽는 터키사》를 보면, 터키는 종교의 자유를 허용하고 있지만 실제로는 인구의 98%가 무슬림이다. 터키 전역에 6만 7,000여 개의 모스크가 있으며, 이스탄불에만 3,000여 개의 모스크가 있다. 히잡을 쓰거나 무슬림 전통 복장을 한 사람들이 시내 중심가를 활보하는 것은 바로 '터키에 무슬림 신자들이 많다'는 것을 말해주고 있다. 그런데도 '악마의 눈'과 같은 미신을 믿는 것은 유목민족의 후예이기 때문이란다. 과연 소문대로 터키는 유목민족인 '튀르크족'의 후예인가? 전국역사교사들이 지은 《처음 읽는 터키사》를 빌어 이 부분을 조명해 본다.

'튀르키'는 '튀르크'와 같은 말인데, 몽골의 '오르혼강' 주변에서 발굴된 '오르혼 비문'에 처음으로 쓰였다. '튀르크'는 '투쿠에(Tu-kue)'에서 유래한 '튀뤽'에서 나온 말로, '힘센' 또는 '방패'라는 뜻을 가진 유목민족의 힘찬 기상이 느껴지는 이름이다.

중국에서는 '튀르크'의 음을 따서 '돌궐(突厥)'로 적었는데, 돌(突)은 '부딪치다', '뚫다', '갑작스럽다'는 뜻이며, 궐(厥)은 '오랑캐'를 뜻한다. … '튀르크'의 침입으로 괴롭힘을 당했던 중국인들이 '날뛰는 오랑캐 족속'이라는 별칭으로 그들을 낮추어 부른 이름인 것이다.

유명한 당나라 시인 '이백(李白, 701~762)'은 돌궐의 유목 기마 병든에 대한 한사이 글을 썼는데, 긴중페 교수의 《유목민 이야기》에 실려 있다.

변방에 사는 사람들은 그의 일생을 통틀어 책을 펼쳐본 적도 없지만, 사냥을 할 줄 알고, 능숙하고, 강인하며 용감하다. … 그가 질주할 때, 그의 모습은 얼마나 훌륭하고 당당한가! 그의 채찍 소리가 눈을 가르고, 그의 빛나는 칼집에서 소리가 난다. … 힘으로 당겨진 그의 활은 결코 목표를 놓치는 법이 없다. 사람들은 그를 위해 길을 비켜준다. 왜냐하면, 그의 용맹과 호전적인 기상이 고비에서 유명하기 때문이다.

그 옛날 고구려와 동맹을 맺고 중국을 견제했던 '돌궐'이 바로 '튀르크'였다. 튀르크 족은 서쪽으로 이동해서 오스만 제국을 세웠고, 제국의 전통을 이어받은 나라가 오늘의 터키 공화국인 셈이다.

나는 앙카라의 구시가지에 있는 '앙카라 성채'를 찾았다. 이성은 갈라티아(Galatia)인들이 축조했으며 로마, 비잔틴, 셀주크(Seljuk) 시대에 복원됐다고 한다. 셀주크 제국의 창시자인 셀주크는 이슬람교로 개종했다. 그 후 '100만 명에 달하는 튀르크인들이 이슬람교를 믿게 됐다'고 한다.

나는 여러 가지 생각을 거듭하면서 앙카라 성채를 올랐다. 성문과 성벽 등의 잔재가 남아 있었고, 골목길에는 기념품이나 골동품을 파는 가게들이 많았다. 가게에는 히잡을 쓴 여인들이 물건을 팔고 있었고, 악마의 눈이 새겨진 상품들이 많이 걸려 있었다. 악마의 눈도 한정된 것이 아니라, 커다란 악마의 눈에

악마의 눈을 손으로 만들고 있는 현지인 아가씨

서부터 육안으로 식별이 잘 안 되는 콩알 크기의 악마의 눈까지 다양한 종류가 있었다. 심지어 이쑤시개에까지 악마의 눈이 끼워져 있어서 배를 쥐고 웃었다.

앙카라 성채 입구에서 멋진 기념품 가게를 운영하는 바합카티(Vahapkati) 씨는 "악마의 눈 모두가 수제품"이라면서 터키인의 솜씨를 자랑했다.

"이것 좀 보세요. 제품의 모양이 각각 다르지 않습니까? 기계로 찍어낸 규격화된 것이 아니라, 하나하나 손으로 만들어냈기 때문입니다. 그만큼 예술적인 가치가 있습니다."

나는 언젠가 행운이 다가올 것을 기대하면서 바합카티 씨의 가게에서 악마의 눈이 달린 키홀더를 하나 샀다. 성채를 벗어나자 건너편 산비탈에 옹기종기 모여 살고 있는 가난한 백성들의 초라한 집들이 눈에 들어왔다. 그들에게도 행운이 깃들기를 기원하면서 발걸음을 옮겼다. 나라마다 문화가 다르다. 문제는 그 나라의 문화를 이해하는 것이다.

3

울루스 광장 도로에서 사람들을 등지고 길거리 빵 시미트 (Simit)를 팔고 있는 할아버지를 만났다. 그와 눈인사를 나누면서 시미트 한 봉지를 샀다. 묵묵부답(黙黙不答). 나는 그와 말이 통하지 않아서 "잘 먹겠습니다"라는 감사의 표시도 하지 못하고 돌아서야 했다.

이 시미트 빵은 노벨 문학상 수상작가 오르한 파묵의 자전적

길거리에서 시미트 빵을 파는 터키인

에세이《이스탄불, 도시 그리고 추억》에도 등장한다. 실감나게
묘사되는 도시의 그림이 참으로 인상적이다.

> 두 명의 신비스런 남자, 칸딜리(Kandili) 언덕에서 곰을 훈련시키는
> 남자와 탬버린을 치는 그의 조수, 혹은 '술탄 아흐메트 광장'의 중
> 앙에 있는 많은 군중과, 짐을 실은 진짜 이스탄불 사람처럼 기념
> 건축물을 모르는 듯 천천히 걸어가는 남자, 같은 그림의 한구석에
> 서 군중을 등지고 발이 세 개 달린 탁자 위에 시미트를 놓고 파는
> 장수…

시미트는 어떤 빵일까. 생김새를 보니 고리같이 둥글다. 값

터키의 국민 빵 시미트

또한 무척 싸다. 터키 사람들이 출근길이나 점심시간 또는 퇴근길에 자주 사먹는 빵이라서 붙여진 이름이 있다. 바로 '국민 빵'이다. 서민들은 이렇게 값이 싼 길거리 빵에도 만족하면서 살아간다.

터키의 국민 빵 시미트는 다소 딱딱하기는 해도 바삭바삭하고 참깨가 잔뜩 발라져 있어서 씹을수록 맛이 아주 고소하다. 이스탄불에는 길거리 빵 장수들을 자주 접할 수 있지만, 앙카라에는 이스탄불처럼 시미트 빵을 파는 장수들이 많지 않았다.

나도 처음에는 길거리 음식인 시미트에 딱히 관심을 갖지 않았다. 그런데 터키 사람들이 줄지어 사먹는 것을 보고 호기심이 들어 한 번 사먹어 보았다. 4~5년 전 이스탄불에서의 일이

시미트 빵을 머리고 이고가는 행상인

다. 하지만 이제는 이 소박한 빵과 제법 정이 들었다. 빵뿐이 아니다. 빵을 파는 사람들에게도 정감이 갔다. 특히 시장터에서 아슬아슬하게 시미트를 머리에 얹고 팔러 다니는 빵장수에게 더욱 정이 갔다. 빵도 사람도 소박해서다.

그렇다고 해서 시미트를 길거리에서만 파는 것이 아니다. 제과점에서도 많이 판다. 제과점에 가보면 여러 종류 빵 속에서도 시미트가 유난히 눈에 띈다. 그만큼 인기가 있어서다. 왜 그토록 인기가 있는 것일까? 한국과 터키를 오가며 터키 전문 여행사를 운영하고 있는 아흐멧 에르킴(Ahmet Erkam) 씨의 말을 들어봤다.

거리에서 시미트 빵을 파는 또 다른 모습

"이 빵은 터키 사람들에게 가장 인기가 있습니다. 값도 싸고 맛이 좋아서 그렇습니다. 가격은 대체로 1리라(400원)인데, 약간 고급스러운 시미트는 2리라(800원) 정도 합니다. 말씀하신 대로 터키 전 국민이 좋아하는 빵이라서 '국민 빵'이라고 하지요."

한국에서 일하고 있는 터키인 에롤 오다르(Erol Odar) 씨 역시 시미트 빵의 열혈 팬이라고 했다. 그는 "시미트 빵의 고소한 맛에 한 번 빠지면 끊을 수 없다"면서 "한국은 빵 값이 너무 비싸다"고 했다.

터키에 시미트 빵만 있는 것은 아니다. 담백하면서 달콤한 맛의 에크멕(Ekmek), 이글거리는 용광로 같은 화덕에서 달궈져 나오는 둥글납작한 라와시(Lavas), 이 외에도 이름을 델 수 없을 만큼 수많은 종류의 빵이 있다.

화덕에서 막 구워 나오는 라와시의 맛 또한 일품이다. 이 빵에 케밥이나 야채 등을 싸서 먹기도 한다. 마치 우리가 상추쌈을 먹는 것처럼 말이다. 무더운 여름날, 뜨거운 화덕 앞에서 땀을 흘리면서 빵을 만들어 내는 요리사의 모습에서 용맹스런 토이기(土耳其) 용사의 모습이 연상된다. 인류는 언제부터 빵을 먹기 시작했을까?

"nu ninda-an ezzatteni vadar-ma-ekutenni(당신은 빵을 먹고, 물을 마신다)."

500년 동안 아나톨리아(Anatolia)를 호령했던 히타이트(기원전 1600년경~1178년) 제국의 제문에 새겨져 있는 글이다. 빵의 역사는 히타이트보다 훨씬 더 오랜 신석기 시대로 거슬러 올라간다. 《중앙백과사전》의 설명을 함께 보자.

밀의 원산지인 메소포타미아(Mesopotamia) 지역에서 12000년 전인 신석기 시대에 밀을 거칠게 빻아 물과 섞은 반죽을 굽기 시작한 것이 빵의 시초라고 추측된다. 밀가루를 발효시켜 만드는 오늘날의 빵은 고대 이집트(BC 4000년)에서 그 원류를 찾을 수 있고, 빵의 제조법은 고대 로마에서 비약적으로 발전했다.

또한, 기원전 12세기 경 이집트인들이 타(Ta)로 불리는 납작한 빵을 길거리에서 사서 먹었다는 기록도 있다. 길거리 빵도 그만큼 긴 역사를 가지고 있다.

터키의 빵이 값이 싸고 맛도 있는 것은 아나톨리아의 광활한 산악성 농경지 때문이다. 신이 내린 대자연에서 대량으로 생산되는 밀이 바로 맛 좋고 값이 싼 빵의 원천이다. 식물학자 '찰스 B. 헤이저 2세'는 저서《문명의 씨앗, 음식의 역사》(장동현 옮김)에서 '밀과 빵의 관계성'을 다음과 같이 정리했다.

밀은 주곡(主穀)의 자리를 차지하고 있다. 밀은 글루텐이라는 특별한 단백질의 질과 양 때문에, 빵을 만드는데 있어서 다른 어떤 곡물보다 널리 쓰이고 있다. 빵 반죽이 잘 뭉쳐지게 만들고, 또 공기를 함유하는 능력을 주는 것이 바로 글루텐이다.

이 모두가 빵이 인류의 역사와 그 궤를 같이 하고 있음을 말해주고 있다. 백성들은 단백질의 양과 질에 관계없이 한 조각의 빵에 만족한다. 위정자들은 '선량한 백성들이 거리의 빵 한 조각에 만족하면서 평화롭게 살아갈 수 있는 환경을 만들어 주는 일'이 '무엇보다도 중요하다'는 것을 인식해야 한다. 아주 심각하게.

4

"내가 길러놓은 저 야채를 보게!"

로마의 디오클레티안(Diocletian) 황제(284~305년 재위)가 자신의 친구들을 야채 밭으로 불러서 한 말이다. 그는 로마가 쓰러져 가는 와중에도 자신의 친구들에게 야채 밭을 자랑했다. 역사학 자들은 그가 야채 재배에 몰입하지 않았더라면, 로마의 역사가 달라졌을 것이라고도 한다. '빌 로스(Bill Laws)'의 저서에 들어 있는 내용이다.

빌 로스는 "화가 모네(Monet)가 지베르니(Givemy)에서 수련을 그리는 동안 캔버스 앞을 떠난 것은 쪽문 옆에 있던 채소밭을 살펴보러 간 순간뿐이었다"고 했다. 믿어지지 않는 이야기 같 으나 모두가 역사적 사실이다. 단순하게 인식되는 채소밭에도 진기한 역사의 실타래들이 다양하게 엉켜있다. 아울러 빌 로스 는 저서 《식물, 역사를 뒤집다》(서종기 옮김)에서 야채를 먹는 방 법에 대한 지침을 다음과 같이 제시했다.

야채는 삶아야 한다. 땅 위에서 나는 야채는 냄비의 뚜껑을 열고 삶아야 하고, 땅 밑에서 나는 야채는 뚜껑을 덮고 삶아야 한다.

과학적인 근거는 모르겠으나, 자연의 섭리에 입각한 지혜인 듯싶다.

터키 하면 떠오르는 것이 케밥이다. 당연하다. 터키의 대표적인 음식이기 때문이다. 그러나 의외의 반전이 있다. 그들이 채식을 즐긴다는 사실이다. 양고기, 닭고기 등 육식보다는 어찌보면 채식주의자들의 천국이기도 하다.

이는 아나톨리아의 대초원을 달리다보면 자연스럽게 이해가 간다. 광활한 대지에서 나오는 과일과 채소가 어마어마하기 때문이다. 청과물의 종류가 헤아릴 수 없을 정도로 많을 뿐만 아니라, 색깔도 그들을 닮아서인지 무척이나 강렬하다. 더불어, 야채를 구워서 먹는 것도 별스럽다. 터키인들은 예로부터 야채를 구워서 먹는 데에 익숙해 있었다. 터키의 요리사들은 가지로만 무려 50여 종류의 요리를 만들어 낸다고 한다. 가히 '세계 3대 요리 국가'라고 부를만한 충분한 이유가 있어 보인다.

터키에는 거리마다 과일가게들이 즐비하다. 값을 물어보면 우리의 1/10인 것이 많다. 과연 청과물 천국답다. 수박을 예로 들어본다. 크기는 물론 당도가 우리와 비교가 되지 않는다.

나는 서민들의 생활상을 보기 위해서 앙카라의 도심에 있는 청과물 도매 시장을 찾았다. 터키인들은 내가 한국인이라는 것을 알아보고 여기저기서 말을 걸었다. 야채나 과일을 박스 단위로 사는 터키인에 비해 여행자가 재미삼아 낱개로 사는 과일

터키의 알록달록한 채소들

이 자신들의 매출에 크게 도움이 되지 않겠지만, 그래도 열심히 손을 내미는 모습들이 좋아 보였다.

"코레! 칸가르데시(한국! 피를 나눈 형제여)!"

아직은 뜨거운 여름철인데도 가을이 속도위반을 한 것일까.

수박을 파는 터키 현지인

질서정연하게 쌓아진 빨간 고추 더미에 눈이 갔다. 고추가 아니라 혼신의 힘을 다해 정성스럽게 쌓은 공든 탑(塔)이었다. 단순히 야채를 파는 것이 아니라 예술이었던 것이다. 고추뿐만이 아니다. 초록의 파프리카들도 얼키설키 맵시를 뽐내고 있었다. 빨간색과 초록색의 조화도 일품이었다. 야채들을 진열한 모습에서 질서와 청결주의가 도드라진 터키인들의 성격을 가늠할 수 있었다. 터키의 초대 대통령 아타튀르크는 평소 질서와 정돈에 대한 강박관념을 가지고 있었다고 한다. 그러한 흐름이 오늘에 이르기까지 이어지는 모양이다.

청과물 시장은 의례 혼돈과 번잡함 속에서 서민들의 애환이 서려 있기 마련이다. 터키의 청과물 시장은 이를 뛰어넘어 질

질서정연하게 놓인 토마토

서와 정리 정돈, 그리고 또 다른 문화를 형성하고 있었다.

점입가경. 잘 익은 토마토 더미는 사람들의 왕래가 잦은 길목에서 교만하게 자리 잡고 있었으며, 마을은 또 얼마나 정갈한가. 보는 것만으로도 행복한 청과물 시장이었다. 가지, 오이 등도 각각의 위치에서 고객들과 눈을 맞추고 있었고, 유럽인들이 좋아한다는 터키의 부르사(Bursa) 지역에서 나는 복숭아는 고객 맞춤형으로 자리하고 있었다.

영국의 아른 바이락타롤루 교수는 《세계를 읽다》의 터키편에서 "부르사 지역의 복숭아는 꼭 맛봐야 한다. 양쪽을 잡고 살짝 누르기만 하면 복숭아가 손에서 절반으로 쪼개지며, 실하고 맛좋은 풍부한 과육이 드러난다. 때로는 테니스 공으로 쓰는 편이 더 나을 법한 유럽의 복숭아와는 차원이 다르다"고 했다. 얼마나 맛이 좋으면 이토록 극찬했을까. 그러한 복숭아의 맛을 체험하지 못한 것이 큰 아쉬움으로 남았다.

언제나 정갈한 터키의 과일 시장

시장통은 '감정의 언어'로 소통하고 있었다. 실파를 다듬는 젊은이도, 계란과 빵을 파는 콧수염 아저씨도, 양파와 감자를 파는 터키인의 익살도 행복 만점이었고, 향이 짙은 페퍼민트나 로즈메리 등의 허브도 후각으로 사람들을 유혹하고 있었다. 나 역시 며칠 동안의 터키 여행에서 허브 향에 젖은 탓인지 그쪽으로 눈길이 자주 갔다.

사람 사는 데는 각기 독특한 방식의 문화가 존재한다. 그러나 사람들의 실제적인 참모습은 서민들이 운집하는 시장통에

가지런하게 놓인 터키의 과일들

서 발견할 수가 있다. 문제는 그들과의 소통이다. 하지만 주고
받는 언어가 달라도 내재된 감정의 언어로 대화가 가능하다.
"맛을 보라"며 터키인들이 내민 달콤한 과일 조각을 입에 넣으
면서 감정의 언어로 소통하는 행복한 시간이었다.

5

"터키까지 와서 일식집이라뇨? 당연히 케밥 먹으러 가야죠."

터키 음식은 세계 3대 요리로 손꼽힌다. 대표적인 음식이 케
밥이다. 하지만 나는 일본인과의 약속을 지키기 위해 일행들의

불평을 잠재우며 일식집을 찾기로 했다. 목청을 높이던 사람들도 일단 행동 통일을 했다.

이스탄불의 밤공기는 우리와 크게 다르지 않았다. 길가 정원에 피어있는 꽃들의 자태도 조명발을 받아 더없이 아름다웠다. 유럽형 빌딩은 물론 사람들의 모습과 피부 색깔이 달라 이국(異國)의 정취를 자아내게 했다. 모두들 자연스레 흥얼거렸다.

탁심 광장에서 도보로 일식집을 찾아가기에는 다소 먼 거리였다. 내가 지난해에 머물렀던 호텔이 아니기에 방향 감각도 뚜렷하지 않았다. 그래도 기억을 더듬으며 두리번두리번 길을 걸었다. 30분쯤 밤공기를 마시며 고개를 넘고, 커브를 돌아 일식집 '스시코'를 찾았다.

그런데 식당의 분위기가 확 바뀌어서 놀랐다. 새로이 인테리어를 한 모양이다. 지난해 나를 반기던 현지인 종업원들도 보

이스탄불의 일식집, 스시코

이지 않아서 섭섭했다. 이름도 모르고 얼굴만 알기에 궁금증의 강도만 높아졌다. 주문을 하러온 종업원에게 물었다.

"저, 미스터 호시노(Hoshino)는 안 계십니까?"
"호시노 씨요? 그는 지금 없습니다."

종업원의 짤막한 대답은 '그가 그만두었는지', '오늘은 휴무인지' 도무지 가늠할 수가 없었다. 옆에서 무심코 듣고 있던 지배인 격인 키가 큰 여자 종업원이 나에게 다가와 "손님의 이름이 무엇이냐?"고 물었다. 나의 이름을 대자 그녀는 호시노 씨에게 전화를 걸었다.

"그가 출근한답니다."
"이렇게 반가울 수가…."

음식의 주문은 터키 맥주를 시작으로 일식 안주 등으로 빠르게 진도가 나갔다. 평소 눈에 익은 음식들이기에 주문이 편했다. 다행스럽게도 일행들 모두가 일식을 좋아했다. 터키는 맥주를 시키면 종업원이 술을 맥주잔에 부어준다. 마치 와인을 마시는 것과 흡사하다. 맥주잔도 와인 잔과 비슷하다. 문화의 차이인지…. 맥주잔으로 건배를 하며 분위기가 고조될 무렵 생선회 한 접시가 나왔다. 값이 제법 비싸 보여서 모두들 눈이 휘둥그레졌다.

"미스터 호시노의 특별 서비스입니다."

일행들의 환호성(?)이 식당의 조용한 분위기를 깨트렸다. 멀리 터키에서 일식당을 찾는 것도 흔치 않은 일이지만, 주방의 책임자로부터 특별 서비스로 생선회를 제공받았다는 사실도 흥분의 요소였다. 모두들 긴 여행을 하는 동안 잠도 제대로 자지 못했으나 터키의 맥주와 일본 음식을 안주로 행복한 밤을 만끽했다.

"장 선생! 오랜만입니다."

분위기가 무르익을 무렵 훤칠한 호시노 씨가 나타났다. 복장으로 보아 휴일인데 일부러 출근한 듯했다. 나는 일행들에게 양해를 구하고 호시노 씨와 둘이서 건배를 했다. 그는 일본 홋카이도의 니이카타(新潟)에서 태어났다. 니이카타는 일본 술 즉, 사케가 유명한 곳이다. 그러나 태어난 곳이 니이카타일 뿐 줄곧 도쿄에서 자랐다. 어려서부터 요리에 관심이 많아서 요리사의 길을 걸었는데 어언 30년이 지났다고 했다.

"어느덧 30년이라는 시간이 흘렀습니다. 참으로 빠른 세월입니다."

그는 1992년 런던으로 건너가 요리사를 했고, 1995년부터 이곳 이스탄불에서 일하고 있다. 호시노 씨는 터키 사람들이 너

사진 찍는 순간 눈을 감아버린 호시노 씨와 미소 지은 종업원들

무나 친절해서 좋다고 했다.

"인종 차별도 없고, 의외로 사시미나 초밥을 좋아하는 사람
이 많습니다. 그리스 반도와 소아시아 사이에 있는 지중해의
한 갈래인 '에게 해(Aegean Sea)'의 참치는 일품입니다. 제가 장
선생께 드린 사시미가 바로 그것입니다."

"아! 그렇군요. 감사합니다. 어쩐지 맛이 좋았습니다. 이 식당
에 손님이 많은 이유를 알겠습니다."

실제로 늦은 시간에도 식당에는 빈자리가 없을 정도로 손님

들이 가득했다. 나는 그와 제법 긴 시간 동안 이야기꽃을 피웠다. 그의 부모님은 현재 도쿄에 산다고 했다. 무슨 사연이 있을까? 도쿄에 다녀온 지 10년이 넘었다는 말에 고개가 갸우뚱해졌다.

"도쿄에 다녀온 지 10년이나 됐습니다. 유럽에 친구들이 많아서 주로 유럽을 자주 가고, 일이 바쁘다 보니 도통 시간을 낼 수가 없더군요."

자신의 나라 일본보다는 해외 생활이 익숙해진 모양이었다. 그의 표정으로 봐서는 이스탄불의 생활이 대만족인 듯했다. 그가 근무하는 스시코는 100% 터키인 소유의 식당이다. 스시를 배달하는 '스시 익스프레스'도 이 회사의 계열 식당이다.

"이스탄불에는 약 10여 개 정도의 일식집이 운영되고 있습니다."

밤도 이슥했고, 일행들도 나를 기다리고 있어서 더 이상 대화의 시간을 갖지는 못했다. 하지만 이국에서 외국인끼리 만나서 하나의 언어로 대화를 나눌 수 있다는 자체가 좋았다. 나는 다음에 더 많은 대화를 나누기로 하고 일행들과 함께 스시코를 나섰다.

'도쿄의 음식이 어떻게 세계인의 입맛을 사로잡았을까?'

이스탄불의 밤거리

이스탄불 밤거리를 걷는 동안 나의 머릿속을 떠나지 않은 궁금증이었다.

여행에서의 추억거리는 그 나라의 밤 문화도 중요한 역할을 차지한다. 그래서 여행자들은 호텔 내에서 식사하는 것보다 거리의 식당이나 사람들이 북적대는 야경을 구경하고 싶어 한다. 문제는 안전이다. 치안 등의 이유로 밤거리를 활보하는 것은 지극히 위험하다. 내가 터키를 여행할 즈음에 터키군이 IS(이슬람국가)를 공격한 시점인지라 불안 요소가 분명히 있었다. 그래도 거리를 나가고 싶은 충동은 억누를 수가 없었다. 이 또한 여행자의 못된 습성이리라.

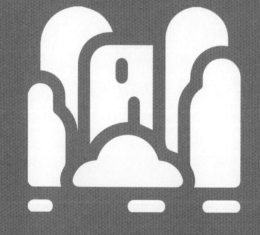

제 4 편

바다의 기원이 되는 강, 파라과이

1

강(江)이란 앞으로 나아가는 길이요, 우리가 가고 싶은 곳으로 안내해 주는 길이기도 하다.

철학자 '파스칼(Pascal, 1623~1662)'이 《팡세》에서 강에 대해 설파한 말이다. 내가 다녀온 파라과이(Paraguay)의 어원은 '바다의 기원이 되는 강'이다. 그래서일까. 파라과이가 남미의 심장부 역할을 하기 위해 앞으로 나아가면서 주도권을 잡으려고 한다.

실제로 비행기에서 내려다본 파라과이는 참으로 강이 많았다. 뱀처럼 구불거리는 강줄기는 성형수술을 하지 않은 시골 처녀의 맨얼굴처럼 강둑도 없이 자연 그대로였다. 강줄기를 따라 낮게 선회하던 비행기가 수도 아순시온(Asuncion)의 공항 활주로에 요란스럽게 내려앉았다. 아순시온은 '성모마리아가 천국에 오르다'는 의미다. 국제공항의 이름은 '실비오 페티로시

(Silvio Pettirossi)'인데 단 하나뿐인 활주로의 길이가 짧아서 큰 비행기의 이착륙이 어려운 곳이다.

입국 수속을 마치고 공항을 나섰다. 마중 나온 차를 타고서 아순시온 시내로 향했다. 키가 큰 야자나무 등 열대 식물들이 죽죽 뻗어 있었다. 마침 그곳은 우리와 반대로 겨울철이라서 기온은 섭씨 15~17도였다. 시내로 들어서자 유럽의 한 도시로 착각할 정도로 고전적인 건축물들이 많았다. 그러나 사람의 손길이 못 미쳐서인지 빈 건물들처럼 보였다. 전쟁으로 폭탄을 맞아 불에 탄 듯한 오랜 건물들을 보면서 도심 한복판으로 들어갔다.

도심의 길은 꼬불꼬불한 곳은 거의 없었다. 바닥은 덜컹거렸어도 모양새는 바둑판처럼 사방형으로 나 있었다. 신호등이 잘 보이지 않아서 '지나치게 세분화된 도로가 오히려 차량의 흐름을 방해할 것 같다'는 생각이 들었다. 시내 한복판에 있는 중앙 공원에는 울타리가 둘러쳐 있었고, 자물쇠까지 채워져 있었다.

"노숙자들이 점거하고 있었기 때문에 이들을 추방한 후 이렇게 관리하고 있습니다."

안내자 현지인 니콜라스의 말이다. 이 나라는 극빈자들의 처우가 가장 큰 문제이다. 그들은 항상 정부에 불만을 품고 산다. 노숙자 문제는 어느 나라를 막론하고 풀어야 할 숙명적 과제물

유유히 흐르는 파라과이의 강물

이다.

중앙 공원 앞 센트로(Centro)에는 벼룩시장이 형성돼 있었다. 물건을 파는 사람들은 대체로 원주민들이었다. 여성들이 좋아할 만한 액세서리와 뜨개질한 손가방, 식탁보, 컵받침 등을 팔고 있는 원주민들이 바로 과라니 족(族)이다. 과라니 족은 파라과이와 브라질 남부에 거주하는 원주민을 일컫는다. 이들은 생긴 모양이 동양인과 유사하고 성격은 호전적이다. 거주 지역에는 울타리를 치고 살았으나, 원래는 5년마다 취락을 이동하는 화전(火田) 농경민들로 옥수수·감자 등을 재배하면서 사냥으로 생계를 이었다고 한다.

이러한 과라니 족은 16세기까지 인구수가 약 50만 명이었으나, 스페인의 식민지가 되면서부터 90% 이상이 혼혈이 되었고, 순수 원주민은 10만 명에도 못 미친다고 한다. 역사의 흐름에 따라 점점 줄어들고 있는 것이다.

원주민들은 전쟁이나 질병을 견디지 못해 식민 초기부터 감소했다. 이에, 스페인은 아프리카의 흑인 노예를 대량으로 유입했다. 유럽의 이민자들도 가족 단위가 아니라 30세 미만의 남자들이 많았다. 그래서 유럽인과 원주민, 백인과 흑인 사이에서 태어난 혼혈이 많다. 라틴 아메리카는 콜럼버스의 신대륙 발견 이후 식민 지배를 받으면서 다양한 혼혈의 다인종·다문화가 자연스럽게 형성되었다.

백인과 원주민 사이에서 태어난 혼혈은 '메스티소', 백인과 흑인 사이에서 태어난 혼혈은 '물라토', 원주민과 흑인 사이에서 태어난 혼혈은 '삼보'라 부른다. 이들이 신대륙의 새로운 사회계층을 형성했고 차츰 남미 대륙의 새로운 지도층으로 부상했다. 이강혁 선생이 《라틴아메리카 역사 다이제스트 100》에서 서술한 남미의 혼혈에 대한 내용이다.

단일민족을 자랑해 온 우리의 입장에서 보면 익숙지 않은 문제이나, 이미 우리나라도 다문화 가정이 많아졌다. 세계는 오래전부터 혼종성 속에서 갖가지 형태의 문화를 창출하며 발전을 거듭해 왔던 사실을 상기해 볼 필요가 있다. 그 중심에 이베리아 반도에 위치한 스페인이 있으며, 그들의 열정은 남미에서 새로운 문화를 발아(發芽)시켰던 것이다.

서울대 라틴아메리카 연구소의 김창민 소장이 펴낸 《스페인 문화 순례》를 통해 다문화에 대한 문제를 짚어본다.

스페인은 아프리카의 교차점이고 가톨릭 문명과 이슬람 문명이 충돌한 곳이고, 유럽과 라틴아메리카의 연결고리이며 오랜 세월 지중해 해상 세력의 각축장이었다. 오랜 세월 동안 이베리아 반도는 그렇게 치열한 생존 투쟁의 현장이었지만, 동시에 수많은 민족과 문화가 공존하고 뒤섞여온 그야말로 문명의 샐러드 그릇(salad bowl)이자 문명의 용광로(melting pot)였다고 해도 과언이 아닐 것이다.

문명의 샐러드 그릇이자 문명의 용광로라니…. 그래서 스페인의 문화가 용광로처럼 뜨거운 것인가.

파라과이의 수도 아순시온에서 빼놓을 수 없는 곳이 있다. 다름 아닌 산 헤로니모(San Jerónimo)라는 곳이다. 산 헤로니모의 근원은 스페인 왕립 교회로 거슬러 올라간다. 15세기 히에로니무스(Hieronymus) 수도원에서 시작된 교회의 이름이기도 하다. 유럽에서 건너온 사람들이 아순시온의 강 언덕에 정착하면서 형성된 마을이라고 한다. 어쩌면 아순시온에서 가장 오래된 마을일지도 모른다. 독재 정부 시절에 개발계획에서 제외됐던 곳인데 이제는 오히려 귀한 문화유산으로 각광을 받고 있다. 정부와 주민들의 합의에 의해 관광지구로 지정됐다. 소외됐다고 서러워할 일이 아니다. 기다리면 언젠가 기회가 온다.

골목 입구에서 우리의 빈대떡 같은 것을 구워내는 아리따운 아가씨의 손놀림은 관광객들의 발걸음을 멈추게 했다. 생김새로 봐서 유럽의 백인과 흑인 사이에서 태어난 혼혈인 물라토가 아닐까 싶었다. 말이 통하지 않아서 확인은 하지 못했으나 사람들의 인기를 독차지하고 있었다.

우리나라도 골목길을 아름답게 채색해서 미화시킨 곳이 많지만, 산 헤로니모의 컬러는 남미의 강렬한 채색이 그대로 묻어났다. 50여 채의 크고 작은 집과 가게들이 나름대로의 개성을 드러내며 관광객들의 발길을 모으고 있었다. 한 사람 겨우

관광지로 변한 산 헤로니모의 가정집

비집고 들어갈 만한 골목길도 오히려 값진 보배처럼 느껴졌고, 질서 없이 널린 빨래들도 그들의 삶을 있는 그대로 보여주고 있었다. 어린 아이도, 고양이도, 벽에 걸린 타이어도 모두 볼거리로 충분했다. 그만큼 개성이 독특한 곳이었다.

점심시간이 되자 나는 골목길의 한 카페에 자리 잡았다. 완벽한 레스토랑은 아니었지만, 제법 맛깔스러운 음식들이 나왔다. 파라과이 강에서 잡은 커다란 물고기와 빵 값보다 싸다는 소고기가 점심 메뉴로 깜짝 등장했다. '말이 통하지 않는다'는 아쉬움 빼고는 불편한 것이 없었다. 그래도 현지인들과 눈으로 대화할 수 있었다.

열정과 낭만과 인정이 넘쳐나는 산 헤로니모를 뒤로하고 파라과이 강으로 내려갔다. 겨울철이라고 해도 태양빛이 강렬했다. 강변에는 젊은 학생들이 옹기종기 뭔가를 얘기하고 있었다. 내륙인 까닭에 유일하게 바다와 소통하고 있는 파라과이. 그래서 나라의 이름을 '바다의 기원이 되는 강'으로 했을까.

하지만 강은 아랑곳없이
그 깊고 넓은 침묵을 안고
태고의 모습으로 흐른다.

과거와 현재와 미래가
한데 이어져서 흐른다.

'구상(具常, 1919~2004)' 선생의 시 〈한강근경〉처럼 파라과이 강도 그렇게 흐르고 있었다. 과거와 현재와 미래가 한데 이어지면서….

2

　파라과이의 수도 아순시온에서만 1시간을 헤맸다. 점심 식사와 아르헨티나 국경을 넘기 위한 입국 서류 준비 때문이기도 했으나, 교통 체증이 많은 것도 이유였다. 우리가 고속도로를 달리다 보면 차가 막힐 때마다 어김없이 찾아오는 손님들이 있다. 잡상인이나 호객행위를 하는 사람들이다. 어디를 가나 사람 사는 곳에서 볼 수 있는 현상이다.

　파라과이 도로에서는 신선한 손님을 만났다. 어린 소년이 날쌔게 차에 올라타서 앞 유리를 닦았다. 어찌나 손놀림이 빠른지 차가 멈춘 짧은 순간에 유리창이 하늘처럼 맑아졌다. 당연히 수고비를 지불해야 했다. 소년의 행동과 모습이 귀여워서 저절로 지갑이 열렸다.

차에 올라타 잽싸게 유리창을 닦는 파라과이 소년

도심에서 약간 벗어나자 남미의 축구협회건물이 거대한 모습을 드러냈다. 남미 축구협회가 파라과이에 있다는 사실도 놀라웠다. 지루한 시간과의 씨름을 뒤로하고 시내를 벗어나자 넓은 초원이 눈에 들어왔다. 가끔씩 길에 나와 큰 눈을 부릅뜬 소들도 마냥 귀여웠다. 차량들이 소들과 조우(遭遇)하자 자동적으로 서행했다. 차보다 소가 우선.

자연의 감상은 잠시뿐. 때마침 겨울철이라서 오후 4시가 넘어서자 어둠이 몰려왔다. 차는 어둠을 헤치며 2차선 길을 하염없이 달렸다. 나는 시차 적응에 시달리던 터라 스르르 무거운 눈꺼풀을 닫고 말았다.

파라과이에서 이구아수 폭포로 가기 위해서는 필히 '사우다드 델 에스테(Ciudad del Este)'를 거쳐야 한다. 인구 35~40만 명 정도인 이 도시는 파라과이 2대 도시로, 브라질과 강 하나를 사이에 두고 있다. 도시 이름 사우다드 델 에스테는 '동쪽의 도시'라는 의미다. 이 도시는 카지노와 면세점이 많아서 물가가 싸기로 유명하다. 쇼핑객의 대부분은 브라질 사람들로 새벽 4시부터 오후 4시까지 붐빈다. 우리의 용산 전자상가로 보면 된다.

5시간의 주행 끝에 호텔에 도착한 시간은 밤 9시경. 인접 카지노만 불이 밝혀 있을 뿐, 도시는 적막에 싸여 있었다. 사우다드 델 에스테의 밤은 속절없이 깊어만 갔다.

새벽이 찾아오자 일어나서 호텔 뒤편의 정원으로 나가봤다. 열대 식물들이 아름다운 꽃을 피우고 있었다. 파라나(Paraná) 강 건너의 도시에는 제법 높은 아파트들이 보였다. 그곳은 파라과이가 아니라 브라질 땅이었다.

이구아수 폭포(Iguazu Falls)는 아르헨티나 지역 폭포를 먼저 보고, 브라질 쪽은 나중에 가기로 했다. 볼거리가 많아서 아침 일찍부터 서둘러야 했다. 차량들이 유난히 많이 오고가는 다리의 이름은 '우정의 다리'. 다리 하나를 두고 파라과이와 브라질 양국 사람들이 '간단한 절차로 왕래한다'는 사실만으로도 우정이 넘쳐났다. 노란 헬멧을 쓴 오토바이 택시들이 우정의 다리를 오가며 사람과 짐을 열심히 실어 날랐다. 다리 아래로 이구아수 폭포의 상류인 파라나 강의 힘찬 물줄기들이 입국수속도 없이 거침없는 흐름을 이어가고 있었다.

우정의 다리를 건너자 브라질 국기가 눈에 들어왔다. 브라질 땅은 역시 광활했다. 도로도 파라과이와 비교가 안 될 만큼 넓었고, 초원은 더욱 넓었다. 나라의 한 귀퉁이만 보는 것인데도 전체의 크기가 느껴질 정도였다. 브라질 땅은 잠시 스쳐갈 뿐 다시 아르헨티나 국경으로 향했다.

파라과이와 아르헨티나는 우정이 없는 것일까. 아르헨티나 국경을 통과하는 데는 시간이 많이 걸렸다. 파라과이 사람에 대한 체크가 엄격해서다. 나와 일행이 국경선에서 기다리는 동안 안내원이 국경선 이민국에서 나오지 않았다. 내가 대표로 가서 보니 안내원과 이민국 직원이 치열하게 대화하고 있었다.

"아니, 기간이 만료된 서류잖아요."
"시간이 없어서 급히 나오다보니 그렇게 되었습니다."
"안 됩니다. 그냥 돌아가세요."

중동이나 아프리카 등 오지 여행 경험이 많은 내가 나서서 거들었다. 그래도 그는 꿈쩍도 하지 않았다. 도대체 이 문제를 어떻게 해결해야 할까 망설이다가 긴급 제안을 했다.

"이 안내원만 문제가 있고 다른 사람들은 괜찮지요?"
"물론입니다."
"그럼, 이 안내원만 여기 면세점에 머물게 하면 어떨까요. 저희들은 이구아수 폭포를 다녀오고요."
"좋습니다."

그토록 무뚝뚝하던 직원이 배시시 웃으면서 말했다. 나도 미소로 답례했다. 결국 나와 일행은 안내자 엘리사 양을 아르헨티나 국경 면세점에 인질(?)로 남기고, 이구아수 폭포 여행을 시작했다. 약간 찜찜했던 아르헨티나의 국경을 통과하자 또 다른 느낌의 광활한 대지가 모습을 드러냈다. 건물들이 브라질보다 단아해 보였으나 큰 차이는 느껴지지 않았다.

사실 나와 일행이 어렵게 통과한 아르헨티나의 국경선 부근은 본디 파라과이의 땅이었다. 무슨 이유로 땅의 국적이 달라졌을까. 파라과이는 브라질·아르헨티나·우루과이 동맹국과 5년간의 전쟁(1865~1870)을 했다. 라틴 아메리카에서 가장 처참했던 전쟁으로 일컫는 5년간의 싸움은 1870년 파라과이 '프란시스코 솔라노 로페스' 대통령의 전사(戰死)로 끝이 났다. 이 전쟁 결과, 파라과이는 학교가 폐쇄되고 신문도 발행되지 않아 경제·사회·문화가 정지해 버렸다. 특히 인명 피해가 많아 90%의 남자를 잃고 국토가 황폐해졌다. 또한 브라질과 아르헨티나에 영토를 내준 까닭에 국토가 대략 절반으로 줄었다. 일행이 결사적으로 가려고 한 세계적인 관광지 이구아수 폭포도 이때 잃었다.

이 전쟁을 계기로 파라과이는 작은 나라로 전락해 강대국들의 틈바구니에서 몸을 더욱 낮춰야 했다. 그래도 끝까지 용감하게 싸운 지도자 로페스 대통령은 지금도 파라과이 영웅으로 칭송받고 있다. 아순시온을 비롯한 파라과이 도시들의 중심지에 그의 동상이 근엄하게 서 있다.

파라과이가 이 전쟁에서 패하지 않았다면, 나와 일행도 국경 통과에 따른 불편함이 없었을 것이다. 그 때의 앙금이 남아 있어서일까. 오늘날도 두 나라는 서로 삐걱거린다. 역사의 아픈 상처는 이처럼 오래도록 남는다.

드디어 꿈에서 그리던 이구아수 폭포의 입구에 이르렀다. 입구는 너무나 평범해서 여느 동물원이나 공원과 다를 바 없었다. 입구에서 표를 사서 다시 기차를 타야 했다. 폭포까지 20~30분 정도는 걸리는 듯했다. 길잡이를 놓쳤으니 눈치로 때려잡을 수밖에 도리가 없었다.

협궤 열차는 관광객들을 운반하는 느림보였다. 산길을 따라 도보로 가는 사람들도 더러 있었다. 기차는 숲 속을 따라 원을 그리며 나아갔다. 이름 모를 열대 식물들이 우거져 있었고, 나비들이 너울너울 춤을 추고 있었다. 순간, 나비 한 마리가 관광객의 모자 위에 사뿐히 내려앉자 사람들이 환호했다. 행운을 가져다주는 나비라고. 각기 다른 피부색과 알 수 없는 언어들이 난무했다. 그래도 들뜬 감정들은 색깔 없이 섞였다. 잠시 후 기차를 바꿔 타기 위해서 숲 속 작은 간이역에서 내렸다. 이때 꼬리가 긴 동물들이 몰려들었다.

동물들에게 먹이를 주지 마세요!

먹이 주기를 금지하는 안내문이 쓰여 있었으나 사람들은 이를 아랑곳하지 않고 과자 부스러기를 던져주었다. 이미 이러한 사람들의 행동에 길들여진 동물들은 기차 소리를 듣고 결사적인 뜀박질을 한다. 이 동물들은 코아티(Coati)라는 너구리 종류다. 일부 여성들은 달려드는 코아티에 놀라서 고함을 친다. 유난히 꼬리가 길어서 '긴 꼬리 너구리'라고도 한다. 몸길이가

43~66cm인데, 꼬리 길이가 42~68cm나 된다. 숲 속에서 나무의 빈 구멍에 집을 짓고 사는 코아티는 나무타기 선수들이다. 이들은 남아메리카에 많이 분포돼 있다.

나는 눈치 백단 코아티들에게 손을 흔들고 다시 기차에 몸을 실었다. 드디어 종착역에 이르렀다. 강 위에 아주 평범한 인공다리가 놓여 있었다. 강에는 물고기들이 꼬리를 치며 유영하고 있었다. 덜컹거리는 다리를 열심히 1km쯤 걸었다. 폭포가 가까워지자 멀리서 물보라가 구름처럼 피워 올랐고, 물 떨어지는 소리가 굉음처럼 들려왔다. '악마의 목구멍'에 다다른 것이다.

이구아수의 어원은 원주민의 말인 과라니 어로 '거대한 물에서 유래됐다'고 한다. 거대한 물은 바로 이곳 악마의 목구멍.

Do not try to describe it in your voice!

이구아수 폭포에 대해 '어떠한 말로도 묘사하지 말라'는 말이 있다. 참으로 맞는 소리다. 이 장엄하고 아름다운 광경을 이 세상 어떤 언어로 설명할 수 있겠는가.

나는 물길 옆으로 나무를 자라게 하고 꽃을 피우는 강처럼 당신을 사랑합니다. … 폭포에 이르면 다르게 흘러야 함을 알고, 낮은 땅에 이르면 쉬어가는 법을 배우는 강물처럼 당신을 사랑합니다. 우리 모두는 같은 곳에서, 언제나 풍부한 물을 끊임없이 제공하는

악마의 목구멍

하나의 힘의 원천에서 태어났기 때문에 당신을 사랑합니다.

브라질 출신 세계적인 인기 작가 '파울로 코엘료(Paulo Coelho)'의 소설 《알레프》의 한 대목이다. 한 여인에 대한 사랑을 절절하게 강물에 비유한 것도 좋지만, 강물 그 자체에서 사랑이 넘쳐난다. 작가의 말처럼 '나무를 자라게 하고 꽃을 피우면서 평범하게 흐름을 잇던 강물'이 폭포에 이르면 이렇게 달라질 수 있을까.

"아, 악마의 목구멍!"

이토록 격정적인 기운을 뿜어내고, 강바닥의 물을 송두리째 벌컥벌컥 들이키는 악마가 이 세상에 또 있을까. 초당 6만 톤의 물을 '한 방울도 남김없이 삼켜버린다'는 의미에서 붙여진 이름이 '악마의 목구멍'이란다. 누가 이름을 붙였는지는 모르겠으나 참으로 적절한 표현이다.

피부 색깔이 각기 다른 세계 사람들은 악마의 목구멍 앞에 서서 저마다의 언어로 탄성을 질렀다. 구사하는 언어는 달라도 표정과 공명(共鳴)은 동일했다. 남녀노소 가릴 것 없이 황홀해하는 모습들을 보면서 나 역시 그들과 동화돼 카메라의 셔터를 눌렀다. 순간의 감동을 카메라에 담는 것 말고는 어떠한 언어도 행동도 할 수 없었다. 단지, '이토록 거대한 물의 향연을 연출하는 자연 앞에서 인간은 무기력한 존재에 불과하다'와 '부질없는 번민과 고통은 강물처럼 흘러갈 뿐이다'라는 말만 되뇔 따름이었다.

너비 4.5km, 평균 낙차 70m인 이구아수 폭포는 빅토리아 폭포, 나이아가라 폭포와 함께 세계 3대 폭포로 손꼽힌다. 높이 80m, 폭 150m인 U자형 악마의 목구멍은 보는 순간 몸집의 거대함에 기가 죽고, 물이 떨어지는 굉음에 혼이 나가고 만다. 그렇다면, 이와 같은 폭포의 격동적인 에너지는 어디서부터 내려오는 것일까.

길이가 3,299km인 파라나 강은 라플라나 수계(水系)의 주류이며 발원지는 브라질 고원의 서부, 브라질리아 남서쪽의 파라나이바 강과 미나스제라이스주(州)의 남부 그란데 강이다. 이 물줄기는 남동쪽으로 흐르다가 상파울루·파라나·미나스제라이스 등 광대한 브라질 유역의 물길과 합류한다.

이구아수 강의 출발점은 세하두마르(Serra do Mar)이며, 브라질의 파라나주에서 남동쪽의 파라나 강까지 수천 km를 흐르면서 파라과이·아르헨티나·브라질 3국의 국경을 이룬다. 상류에서 불과 몇 km를 지나지 않아 고원에서 떨어져 내린 물이 이구아수 폭포를 형성한 것이다.

이구아수 폭포는 롤랑 조페 감독의 영화《미션》의 촬영지로도 유명하다. 1986년 영국에서 만들어진 이 영화는 1750년 아르헨티나·파라과이·브라질 국경 지역에서 일어난 역사적 실화를 소재로 했다. 대체로 아름다운 이구아수 폭포의 모습을 거론하지만, 실상은 원주민의 서러운 삶과 애환이 담겨 있다. 원주민은 이구아수 폭포를 중심으로 살고 있던 과라니 족을 말한다. 영화 속으로 들어가 본다.

교황님의 영토 끝에서 발생한 문제는 해결됐습니다. 인디언들은 다시 스페인과 포르투갈의 노예가 될 겁니다. 교황님! 1758년 지금 저는 남미 대륙에서 편지를 쓰고 있습니다. 여긴 남미 라플라타의 '앙상센'이란 마을인데, 산 미겔 선교회에서 도보로 2주 걸립니다. 이 선교회는 개척민들로부터 인디언을 보호하려 했으나, 오히려 반감을 사고 있습니다. 이곳 인디언들은 음악적 재능이 풍부해서, 로마에서 연주되는 바이올린도 그들이 만든 것이 많습니다. 이곳으로 파견된 예수교 신부들은 인디언들에게 복음을 전하려 했지만, 오히려 순교를 당하게 됐습니다.

1750년, 스페인과 포르투갈은 남미 오지에 있는 그들의 영토 경계 문제로 합의를 했으나, 유럽 한구석의 탁자 위에서 그은 선이 얼마나 끔찍한 사태를 일으킬 지 아무도 알지 못한다. 그곳에서 선교 활동을 하던 제수이트 신부들은 과라니 족을 감화시켜 근대적인 마을로 발전시키고 교회를 세우는데 성공한다. 과거 악랄한 노예상이었던 멘도자(로버트 드니로 분)는 가브리엘 신부(제레미 아이언스 분)의 권유로 신부가 돼 헌신적으로 개화에 힘쓰고 있다. 새로운 영토 분계선에 따라 과라니 족의 마을은 무신론의 포르투갈 식민

지로 편입되고, 불응하는 과라니 족과 일부 신부들을 설득하려는 추기경이 파견되지만, 결과는 포르투갈 군대와 맞서 싸운 과라니 족의 전멸로 끝이 난다.

"표면적으로는 신부 몇 명과 과라니 족의 멸종으로 끝났습니다만, 죽은 것은 저 자신이고 저들은 영원히 살아남을 것입니다. 사람들의 마음속에서 말입니다."

《미션》의 마지막 부분에 나오는 대사가 의미심장하다. 파라과이 이민 1.5세대 명세범 선생은 《내 인생 파라과이》에서 볼리비아 교사와 나눴던 대화를 다음과 같이 전했다.

"분명히 그 원주민들은 수천 년의 역사와 전통을 가졌음에도 유럽 제국에 의해 역사가 말살되고 왜곡돼 야만인으로 단정지어졌음을 알아야 한다고 말입니다."

아르헨티나의 악마의 목구멍 앞에서 머무른 시간은 그리 길지 못했다. 브라질 쪽의 이구아수 폭포로 이동하기 위해서다. 나와 일행은 짧은 순간 악마의 목구멍에 영혼을 빼앗긴 채 발길을 돌렸다. 돌아오는 기차는 중간 역에서 서지 않았다. 멈추지 않는 기차에는 관심이 없는 듯 긴 꼬리의 코아티들이 숲속에서 꼬리만 흔들었다.

잠시 길을 놓친 운전수 니콜라스 때문에 아르헨티나의 시골 마을을 몇 바퀴 돌았으나, 크게 문제가 되지는 않았다. 국적이 다른 그들이었으나 과라니 어로 의사소통을 잘했기 때문이다. 국적만 다를 뿐 본디 같은 뿌리의 종족들이 각기 다른 나라에서 살고 있음이 자연스럽게 드러났다.

3

아르헨티나 국경 면세점에서 장시간 기다리던 안내원 엘리사 양을 되찾았다. 짧은 이별이었으나 남북동포 상봉처럼 반가웠다. 아르헨티나에서 브라질로의 국경 통과는 질문도 없이 입을 꽉 다문채 '쾅 쾅 쾅' 고무도장으로 해결됐다. 브라질 땅의 이구아수 폭포 입구는 아르헨티나와 달리 꽤나 세련돼 있었다. 주차장도 축구장처럼 넓었고, 장식물들도 고급스러웠다. 국가의 경제적 레벨은 모든 곳에서 차이가 나는 것일까. 입장표를 사러 건물 내로 들어서자 커피 왕국답게 커피숍도 제법 맵시가 있었다.

티켓 검사 후 공원 내부에 들어가자 대형 버스가 기다리고 있었다. 공원에는 열대 식물들이 무성했고, 고급 호텔도 있었다. '이 호텔에서 일박을 했으면 더욱 좋았을걸' 생각하면서 버스에서 내렸다.

자연의 위대함을 일깨워주는 이구아수 폭포

브라질 쪽의 폭포는 과연 어떤 모습일까, 생각할 겨를도 없이 우거진 수풀 사이로 폭포들이 한꺼번에 눈에 들어왔다. 악마의 목구멍과는 전혀 다른 형상이었다.

"아니, 이럴 수가? 와! 세상에 이러한 폭포가 있다니…."

폭포는 두 겹, 세 겹, 네 겹… 층을 이루면서 흘렀다. 아니 쏟아져 내리고 있었다. 악마의 목구멍에서 영혼을 빼앗겼다면, 여기선 말문이 턱 막혔다. 폭포가 아니라 '감동의 파노라마'였기 때문이다.

어디선가 읽은 기억이 있다. 아르헨티나의 악마의 목구멍이 시(詩)라면, 브라질의 폭포는 대하소설이라고. 그렇다. 참으로 그렇다. 폭포는 대하소설처럼 장대한 흐름을 잇고 있었다.

멀리 보이는 폭포수 물줄기는 모두가 한 폭의 그림이었다. 비탈길의 관광로도 건설 현장의 안전 통로처럼 견고하게 만들어져 있었다. 자연도, 사람의 손길도 무엇 하나 손색없는 관광자원이었다. 보다 스펙터클한 볼거리가 기다리고 있었지만, 입구부터 아름다움에 빠져서 도통 진도가 나가질 않았다. 장면 장면을 카메라에 담는데도 시간이 걸렸다. 군데군데 마련된 포토라인에는 기다리는 사람들이 많아서 쉽게 자리를 얻을 수가 없었다. 때마침 폭포수 위에 뜬 무지개가 분위기를 더욱 돋웠다.

《연금술사》의 작가 파울로 코엘료는 소설 《알레프》에서 "무지개를 보고 싶은 자는 비를 즐기는 법을 배워야 한다"고 썼다. 나는 폭포수가 떨어질 때 생성되는 물보라로 비를 대신했다. 물보라와 함께하는 무지개는 더욱 운치를 자아냈다. 사람들의 얼굴에도 너 나 할 것 없이 온통 무지개가 떴다. 얼마나 즐거운지 모두들 넋을 잃은 듯했다.

무지개가 뜬 이구아수 폭포

    드디어 대형 폭포의 코앞 다리에 이르렀다. 폭포는 사람들의
비명과 탄성쯤은 아랑곳하지 않고 오만하게 흘렀다. 물보라에
놀라서 비옷을 사려고 했으나 이미 동이 난 지 오래였다. 어쩔
수 없이 사람들이 버리고 간 구겨진 비옷을 하나 골라잡았다.
물보라는 카메라의 렌즈에도 사정없이 물을 끼얹었다. 관광객
들은 물보라 속에서도 각기 다른 언어로, 마음껏 소리를 질렀
다. 국적이 다른 사람들이 모여 대자연에 맞서는 언어의 향연
이었다. 폭포는 말 그대로 정신없이 쏟아졌다. 이 때 폭포수의
색깔이 금빛으로 변하기 시작했다.

석양에 물든 이구아수 폭포

"아니, 황금의 물이?"

물론, 폭포에서 쏟아지는 것은 실제로 황금의 물이 아니었다. 서쪽 하늘의 아름다운 노을이 폭포수에 반사돼서 금빛으로 보였던 것이다.

'아! 황금이 물줄기 속에 섞여 쏟아지는구나.'

나는 폭포의 턱밑에서 금빛 물에 대한 꿈결 같은 환상에 빠져 있다가 기이한 현상을 목격했다. 거대한 폭포 속으로 돌진하는 작은 새들을 발견했던 것이다. 마치 태평양 전쟁에서 무모하게 미군 함대로 뛰어드는 일본의 가미가제(神風) 특공대처럼 세찬 폭포수의 물줄기 속으로 몸을 던지는 새들을 보고 놀라지 않을 수 없었다. 이 새의 이름은 '칼새(White-Rumped Swift)'라고 하는데, 몸길이는 18cm 정도이다.

폭포수로 뛰어드는 칼새의 운명은 어떻게 되는 것일까? 알고 보니 칼새는 삶을 포기하고 자살을 하는 것이 아니라, 살기 위해서 폭포 속으로 돌진하는 것이란다. 칼새가 도마뱀에게 잡아먹히는 것을 피하기 위해 안전한 곳을 찾다보니 '폭포수가 안성맞춤이었다'는 전설 같은 이야기가 지혜롭기만 했다.

칼새는 거대한 폭포수의 세찬 물줄기 속 암벽에 집을 지어 알을 낳고 새끼를 키우며 산다. 칼새가 폭포수 속으로 돌진하는 기술적 노하우(시속 300km)를 연마하기까지는 피나는 노력이 있었을 터. 결국 노력의 결과는 엄청난 효과를 가져왔다. 도마뱀으로부터 어떠한 공격도 당하지 않는 최고의 안식처를 찾은 것이다.

거센 폭포의 물줄기 속에서 안식처를 찾아낸 작은 칼새처럼 어려움 속에서도 돌파구를 찾기 위한 지혜를 모으자. 그러면 어떠한 어려움도 이겨낼 수 있지 않을까?

엘리베이터를 타고 올라간 폭포 전망대에서 한 일본인을 만났다. 일본의 고치(高知)현이 고향이라는 야마모토(山田) 씨의 일본어가 어눌했다. "어려서 부모님을 따라 이민 온 브라질 국적의 일본인이다"라고 했다. 그와 주고받는 대화가 폭포수 소리 때문에 원만하지 못했으나 "고국이 그립다"는 말은 또렷하게 들렸다. 이국 생활이 아무리 여유롭다고 해도 내가 태어난 조국만큼 좋은 곳이 또 어디 있으랴.

노을은 향수(鄕愁)를 부채질했다. 나이든 일본인의 눈가에 물보라와 눈물이 섞이고 있었다. 폭포수는 점점 더 짙은 금빛으로 변했다.

4

파라과이에서 일주일 동안 머무는 사이에 이곳 사람들, 거리, 자연에 듬뿍 정이 들었다. '사람 사는 곳은 어디나 마찬가지구나'라는 생각을 하다 보니 낯설고 물 설은 이국의 생활이 며칠 새 익숙해졌다.

아침 일찍 일어나서 아무도 없는 거리를 걸어보는 것도, 골목길을 두리번거리는 것도 너무나 좋았다. 언제 다시 올지 모르는 기약 없는 곳이기에 건물 하나, 나무 한 그루, 얼굴색이 다른 현지인… 모두가 소중했다.

시장에서 만난 할머니와 손녀

특히 중앙로의 풍물 시장은 아무리 반복해서 들러도 재미가 있었다. 말이 통하지 않는 사람들과 주고받는 눈인사는 신기하리만큼 잘 통했다.

"안녕하세요? 오늘은 손녀딸을 데리고 나오셨군요."

마음속의 인사를 건네면 그들도 환하게 웃으며 눈으로 답례했다. 과라니 족 할머니와 약간 얼굴색이 달라진 손녀딸의 모습에서 역사의 흐름이 느껴졌다.

풍물 시장에서 구두 닦기

중앙로의 풍물 시장에서 사람들이 구두를 닦는 모습도 볼거리였다. 구두 닦는 비용은 우리 돈으로 1,000원 정도였다. 나는 전날 이구아수 폭포에서 더러워진 신발을 닦을 겸, 새로운 문화 체험도 해볼 겸 해서 왕좌처럼 높은 의자에 앉았다. 말이 통했더라면 사람 사는 얘기를 많이 나눴을 텐데 그러지 못하니 서로 입을 꽉 다문 채 얼굴 표정과 손놀림만 살폈다. 커뮤니케이션의 중요성을 다시 한 번 깨닫게 하는 답답한 상황 속에서도 구두는 점점 광채를 띠었다.

브라질이나 아르헨티나 등 남미 지역에서 들여온 마테차가 우리나라에서도 인기를 끌고 있다. 파라과이에도 마테차가 많이 나온다. 녹차에 비해 폴리페놀이 3배나 높다는 것과, 면역력 강화는 물론 다이어트에 효능이 있다는 평판이 있다. 이러한 것을 아는지 모르는지 현지인들은 마테차를 휴대하고 다니면서 일상의 음료수로 활용하고 있었다. 나와 일행을 안내하는 운전수 니콜라스도 야간 운전을 할 때 계속적으로 마테차를 마셨다. '졸음을 방지하는 효과가 있다'고 했다. 심지어 시위를 하는 데모꾼들을 진압하는 경찰들도 마테차 통을 옆구리에 차고 다녔다.

슈퍼마켓에 가자 마테차가 종류별로 진열돼 있었다. 스페인 식민지 시절 원주민들은 이 마테차 잎을 따는 일에 투입됐다고 한다. 마테차는 유럽인들에게도 호감이 가는 음료였나 보다.

역사는 언젠가는 진실로 돌아간다. 세월이 흐르고 세상이 변해서 수백 년 전에 자행됐던 원죄가 새로이 도마에 오르고 있다. 중남미 카리브 해 노예무역에 대한 배상을 추진하고 있다는 《한국일보》의 뉴스다. 카리브 해 연안 14개국이 영국, 프랑스, 네덜란드를 상대로 식민 지배 당시 노예무역에 대한 사과 및 배상을 하라는 것이다. 16~19세기에 걸쳐서 자행된 노예무역으로 발생한 인권의 피해는 물론, 식민 지배 당시의 노예제도가 국가 발전에 끼친 부정적인 영향까지 배상하라고. 그래서 역사를 부정하지 말아야 한다. 세월이 흘러도 부메랑으로 돌아올 수 있기 때문이다.

파라과이를 떠나기 하루 전날, 모처럼 폼나는 레스토랑에 갔다. 우리의 뷔페식 레스토랑인데 상추, 당근, 오이 등 싱싱한 야채를 맘껏 먹을 수 있어서 좋았다. 야채를 먹는 동안 빨간 옷을 입은 현지인들이 꼬챙이에 고기를 들고 줄지어 나왔다. 갈비에서부터 안심, 등심 등 부위별 고기를 연속적으로 공급했다. 우리가 서울에서 브라질 식당에 가면 경험할 수 있겠지만, 이곳 파라과이 식당은 양과 질이 달랐다. 처음에는 배도 고프고 신기해서 그들이 오기 무섭게 냉큼 받아먹었으나, 시간이 갈수록 그들이 싫어졌다. 나중엔 그들이 미워지기까지 했다. 사실 실제로 미운 건 아니고, 그만큼 배가 불렀다는 뜻이다.

"파라과이 인구보다 소의 숫자가 더 많습니다."

현지 안내원이 귀띔했다. 자연 환경이 좋아서 목축업이 발달한 덕이다. 인공사료를 먹이지 않으니 육질은 얼마나 좋을까.

남미식 숯불고기인 '아사도(갈비)'는 먹어본 사람만이 그 맛을 평가할 수 있지요. 요즈음 송아지 갈비가 1kg에 3$ 정도이고, 이민자들은 대부분 먹는 것으로 스트레스를 해소하고 있습니다.

17세 때 부모님을 따라 파라과이에 이민 간 명세범 선생의 에세이집《내 인생 파라과이》에도 나오는 실체적 진실이다. 그렇다. 먹어보지 않은 사람은 아무리 설명을 해도 이 맛을 이해할 수가 없다.

기차가 멈춘 파라과이의 중앙역

　부른 배를 억지로 집어넣으며 영웅전 아래로 내려가자 커다란 건물이 하나 나왔다. 다름 아닌 기차 역사(驛舍) 박물관이었다. 기찻길은 이미 녹이 슬어 있고, 1990년대에 멈춰버린 기차는 기약 없는 개통을 기다리면서 세월을 보내고 있다. 2004년부터 주말을 이용해서 일부 관광지만 운행한다고 하는데, 철도가 녹이 슬었고 운행에 대한 정확한 정보도 없어서 더 이상 언급할 수가 없는 상황이었다. 중후한 석조 건물 역사 주변에는 노숙자들이 점거하고 있었다.

오라시오 카르테스(Horacio Cartes) 전 대통령은 "군사독재정권(1954~1989년)을 거치면서 형성된 권위주의를 허물겠다"면서 "지속적인 경제성장과 빈곤감소, 공공부문과 농업에 대한 강력한 개혁을 추진하겠다"고 공약했다. 약 700만 명의 인구 가운데 40%를 차지하는 빈곤층을 해결하는 것이 이 나라의 당면 과제다.

언제 다시 올지 모르는 파라과이. 일주일 동안 운전과 안내를 담당했던 현지인 니콜라스와의 헤어짐도 애틋했다.

"언젠가 다시 만날 날이 있겠지요?"
"네! 다시 만나기를 기원하겠습니다."

눈과 마음으로 주고받은 대화를 끝으로 나는 파라과이와 작별을 고(告)했다.

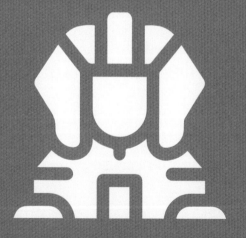

제 5 편

이집트의 농밀한 유혹

1

　나의 이집트 여행은 아프리카의 나이지리아 출장을 마치자 시작되었다. 나이지리아의 수도 아부자(Abuja)를 출발한 비행기는 사하라 사막을 횡단했다. '아무것도 없다'는 뜻의 사하라 사막은 드넓은 모래 평야였다. 가도 가도 끝이 없는 사막의 길을 지나 6시간 30분의 비행 끝에 이집트의 카이로(Cairo) 국제공항에 도착했다. 현지 시간은 이미 밤 8시. 이집트 입국비자를 받지 않았기에 '은행 문이 닫히지 않았을까?' 다소 불안감이 있었으나, 지인의 소개로 마중 나온 현지인 덕택에 걱정이 스르르 녹아버렸다.

　"요셉(Youssef)이라고 합니다. 15달러면 입국 비자 바우처(voucher)를 살 수 있습니다. 은행으로 가시죠."

　"아! 김 선생께서 보내셨군요. 감사합니다. 비행기 앞까지 들어오셨네요."

해외에서 '아는 사람이 있다'는 사실이 참으로 고마운 일이라는 것을 새삼 느꼈다. 입국 수속도 그의 도움으로 VIP 수준이었다. 히잡을 쓴 여직원이 생글생글 웃으면서 '쾅쾅' 도장을 찍어주었고, 세관 검사는 "Welcome to Egypt!"로 끝이 났다.

"라-일라- 하 일라 이라-아, 모하메드 레소루-라(알라 외에는 신이 없다. 그리고 모하메드는 그의 예언자다)!"

새벽 4시 59분. 카이로에서도 신도들에게 예배 시간을 알리는 아잔(adhān)에 놀라 잠이 깼다. 나이지리아에서의 공명보다 울림이 더 컸다. 아잔 덕택에 카이로의 번개 여행에 대한 시간계획을 짤 수 있었다. 우선 숙소에서 가깝고, 놓쳐서는 안 될 주요 지역을 선정했다. 카이로는 크게 뉴 카이로와 올드 카이로, 이슬람 카이로로 구분되는데, 짧은 체류 기간에 세 지역을 다 돌아보는 것은 무리였다.

카이로는 아랍어로 '승리자의 도시'라는 뜻이라고 한다. '미스르 알 카히라(Misr Al-Qahirah)'가 이탈리아어로 카이로가 됐다. 사막의 도시 카이로는 나일 강을 끼고 발달했다. 그래서 도시 크기가 동서로 10km, 남북으로 15km밖에 안 된다. 이토록 작은 도시에 1,500만 명이 모여서 산다. 실제 인구는 2,000만 명이 넘는데도 일부러 줄여서 발표한다는 말도 설득력이 있다.

"잘 주무셨습니까?"

　호텔 앞에 차를 댄 요셉이 밝은 얼굴로 인사했다. 둘이서 머리를 맞대고 관광에 대해서 논의한 끝에 첫 번째 목표를 피라미드(Pyramid)로 정했다. 일단 시내를 벗어나 세 개의 피라미드가 있는 기자(Giza) 지역을 향했다. 기자는 '강 건너 있다'는 뜻이다. 지도를 펼쳐보자 카이로 도심에서 13km 정도 떨어진 곳이었다. 13km면 그리 멀지 않은 거리라서 금방 도착할 것이라는 생각은 여지없이 무너졌다. 교통체증이 이만저만이 아니었기 때문이다. 주차장을 방불케 하는 도심의 교통 체증은 차라리 서울이 양반이었다. 차가 막히는 동안 도시의 속 모습을 자세하게 들여다보는 것은 좋았으나, 시간을 허비하는 것이 안타깝기 그지없었다. 신호등을 아예 무시하고 교통경찰의 수신호에 의존하는 차량의 흐름이 오히려 지혜로워 보였다.

하루 종일 교통체증에 시달리는 카이로의 거리

카이로 회담이 열렸던 메나 하우스

　　피라미드 입구에서 요셉 씨가 "현지화가 있느냐?"고 물었다.
내가 고개를 좌우로 흔들자 그는 환전소가 있는 곳으로 안내했
다. 그곳은 다름 아닌 역사적 장소인 메나 하우스(Mena House)였
다. 1943년 11월 22일에서 27일까지 미국의 루스벨트(Franklin D.
Roosevelt) 대통령, 영국의 처칠(Winston Churchill) 수상, 중화민국의
장제스(蔣介石) 총통의 세 연합국 수뇌가 이집트의 수도 카이로

에 모여 세계전쟁에 대한 대응 문제로 모임을 가졌다. 회담 결과 발표된 〈카이로 선언(Cairo Declaration)〉 중 특별 조항은 우리에게 각별한 의미가 있다.

> 3대 연합국은 한국민이 노예 상태에 놓여 있음을 주목하여 앞으로 적절한 절차에 따라 한국에 자유와 독립을 줄 것을 결의한다.
> The aforesaid three great powers, mindful of the enslavement of the people of Korea, are determined that in due course Korea shall become free and independent.

환전소에 도착해 나이지리아 화폐인 나이라(Naira)를 내밀자 고개를 절레절레 좌우로 흔들었다. 나이지리아에서 쓰고 남은 돈이 완전히 휴지 조각 취급을 당했다. 미국 달러는 대환영.

아, 피라미드! 그동안 사진으로만 접하던 불가사의한 존재! 피라미드의 실물과 마주한 나는 발걸음을 뚝 멈췄다. 이토록 경이로운 돌덩이들의 집합을 무슨 말로 표현할 수 있을까.

> 이집트의 왕들은 대홍수가 일어나기 전 끔찍한 꿈을 꾼 후 나일강의 서쪽 기슭에 피라미드를 세웠다. 이들 건축물은 왕의 묘지와 학문의 저장고로 사용하기 위한 것이었다.

이집트 학자 '장 피에르 코르테지아니(Jean-Pierre Corteggiani)'는 저서 《피라미드》에서 피라미드의 의미를 이렇게 설명했다. 기

쿠푸 왕, 카프레 왕, 멘카우레 왕의 피라미드

자에 세워진 세 개의 피라미드는 무덤에 지나지 않는데 사람들은 그 이상의 의미를 부여한다는 것이다. 어찌됐든 이 피라미드는 이집트 제4왕조(BC 2613~2500)의 파라오인 쿠푸 왕(Khufu, 재위 BC 2579~2556 추정) · 카프레 왕(Khafre, 재위 BC 2547~2521 추정) · 멘카우레 왕(Menkaure, 재위 BC 2514~2486 추정)의 거대한 돌무덤이다.

고대 이집트인들이 피라미드를 정사각형으로 만든 이유는 무엇일까? 여행 전문가 이태원 선생은 《이집트의 유혹》에서 태양에 대한 신앙과 파라오에 대한 신앙으로 연결된 왕권의 상징이라고 풀이했다.

쿠푸왕의 대 피라미드

구름을 뚫고 내려오는 태양광선을 형상화했다. 옆면을 경사지게
만든 것은 파라오가 죽으면 영생하기 위해서 하늘로 태양광선을
타고 올라간다는 것을 상징한 것이다.

아프리카를 '검은 황홀한 땅'이라고 표현한 정미경의 소설

《아프리카의 별》에 '아름다움이란 치명적인 극단이다. 삶의 균형을 잃게 하고 때로는 사람을 미치게 만드는'이란 대목이 나온다. 이 문장처럼, 피라미드의 아름다움은 분명 치명적인 극단이었다. '사람을 미치게 만드는' 그 자체. 나는 대 파라미드의 아름다움과 신비로움에 취해 입을 다물지 못했다. 그렇다면 쿠푸 왕의 피라미드는 언제 만들어졌으며 크기는 어떠할까.

피라미드가 건조된 것은 신석기 시대가 끝난 직후인 기원전 2550년 무렵이었다. 원래 피라미드의 높이는 146m이었으나 꼭대기의 일부가 허물어져 지금은 138m이다. 정 네모 밑바닥 각 변의 길이가 230m이며, 경사 각도가 52°52'의 2등변 삼각형을 이루고 있어 안정감을 준다.

이태원 선생의 《이집트의 유혹》에 자세하게 기술돼 있는 내용이다. 건축물의 극치이자 세계 최고의 건축물이라고 하는 피라미드는 어떠한 미사여구를 붙여도 어색함이 없는 위대한 작품이었다.

한동안 넋을 잃었던 나는 정신을 가다듬고 돌계단을 따라 거대한 피라미드의 몸체로 올라갔다. 피라미드의 내부 즉, 무덤 속으로 들어가기 위해서다. 때때로 내부 출입을 금지한다는데 나는 운이 좋게도 내부로 들어갈 수 있는 행운을 얻었다. 하지만 입구의 직원이 카메라를 맡기고 들어가라고 했다. 나는 호주머니에 휴대폰이 있었기에 자신만만 그의 지시대로 따랐다.

피라미드 입구의 직원들(좌)과 피라미드의 내부 통로(우)

"피라미드의 내부는 지하방, 왕비 방, 왕의 방, 통로, 환기통 등 복잡한 구조를 갖추고 있습니다. 밖에서 기다릴 테니 잘 다녀오십시오."

요셉 씨의 말을 뒤로하고 나는 내부로 들어갔다. 피라미드의 내부는 동굴처럼 좁고 길었다. 10m쯤 들어가자 지하로 내려가는 통로와 위쪽으로 올라가는 통로가 나타났다.

지하로 내려가는 통로의 문에 자물쇠가 채워져 있어서 자연스럽게 위쪽 통로를 따라 전진했다. 무덤 속인데도 사다리 같은 계단이 잘 만들어져 있었다. 가파른 계단을 오르자 겨우 한 사람 정도 들어갈 수 있는 미로가 나왔다. 군대 시절 배웠던 낮은 포복과 오리걸음의 실력이 유감없이 발휘됐다. 마지막에 다락방 같은 사방형의 방이 하나 나왔다.

'여기가 바로 쿠푸 왕이 잠들었던 묘지로구나!' 휴대폰을 꺼내서 사진을 찍는 대담성을 발휘해 보려 했으나 두 개의 CCTV가 노려보고 있어서 포기하고 말았다. 나갈 때 입구에서 혼쭐날 수도 있을 것이라는 생각이 들었기 때문이다.

파라오의 무덤에서 섣불리 행동하다가 곤혹스런 일을 당할 수 있으리. 아무리 신비스럽다고 해도 무덤 속이 아닌가. 으스스한 기분이 들어서 오래 머물지는 못했다. 내려오는 길도 만만치 않았다. 통로가 좁아서 올라오는 관광객을 보낸 후에 뒤이어 그 길을 따라 내려왔다. 다시 도착한 입구 부근의 갈림길에서 외국인 관광객 부부와 마주쳤다. 입구의 경비원이 열심히 그들의 사진을 찍어주고 있었다.

'사람 차별하나?' 싶어 따지려고 했더니 나에게 "사진을 찍어주겠다"며 과잉 친절을 베풀었다. 때는 이때다 싶어서 통로 곳곳을 휴대폰에 담았다. 거기까지는 좋았다. 그가 손을 내밀었다. '사진 촬영 값을 내라'는 것이었다. 피라미드에서도 공짜는 없었다. 큰돈은 아니었지만 기분이 썩 좋지 않았다. 그래도 사진 몇 장 건진 것으로 대만족.

"지금의 통로는 나중에 만들어진 것입니다. 큰 돌로 막아놓은 저 위쪽에 원래의 통로가 있었습니다."

밖에 나와서 땀을 닦는 나에게 요셉 씨가 설명했다. 좁은 공간에서 나온 후 심호흡을 했다. 사막의 한 복판이라서인지 공기도 모래 색깔이었다. 4,500년 전의 문명을 들여다 본 것만으로도 커다란 영광이었다.

2

낙타를 타고 대 피라미드와 스핑크스를 돌아보는 코스였다. 내가 리비아에 근무하던 당시 낙타를 보기는 많이 봤으나 타본 적이 없었기에 호기심이 발동했다. 요셉 씨가 낙타를 끄는 젊은이들과 협상을 벌이더니 "30분 정도 타는 것으로 정했다"고 했다. 요셉 씨는 "요금을 적정하게 지불했으니 도중에 추가 요금은 한 푼도 주지 말라"고 당부했다.

요금을 지불함과 동시에 낙타가 털썩 주저앉았다. 내가 낙타의 등에 올라앉자 키 큰 낙타가 벌떡 일어섰다. 2m가 족히 되는 높이였다. 낙타는 긴 다리로 성큼성큼 걸었다. 보폭이 길어서 한 바퀴 도는데 30분이 채 걸리지 않을 것 같았다.

낙타 등에서 피라미드의 형태를 자세히 관찰할 수 있었다. 넓은 사막에 깔린 작은 무덤들도 멋진 볼거리였다. 갑자기 낙타를 끌던 젊은이가 낙타 위에 올라탔다. 낙타는 더욱 빠른 걸음으로 전진했다. 아니 달렸다. 드디어 스핑크스의 거대한 모습이 자연스럽게 눈에 들어왔다. 낙타는 작은 계곡을 비틀거리면서도 속도를 잃지 않았다. 군데군데 말을 탄 현지인들이 몰려왔다가 몰려가곤 했다.

"스핑크스가 가장 잘 보이는 곳으로 안내하겠습니다."

영어가 유창한 22세의 낙타몰이 청년. 순간, 그의 본성이 드러났다.

피라미드와 스핑크스와 관광객들

"구경 잘했으니 추가 요금을 주셔야죠."
"요금은 출발점에서 다 지불했지 않았느냐?"

낙타 위에서의 협상은 내가 절대적으로 불리했다. 낙타마저
주인 편에 선 듯 휘청휘청 갈지자로 걸었다. 내가 "돈이 없다"
고 하자 주머니를 만지면서 "지갑을 보자"고 했다. "지갑도 없
고 달러도 없다"고 했더니 그는 "한국 돈이라도 달라"고 했다.
나도 물러서지 않고 목소리를 높였다.

"요셉 씨에게 이야기해서 경찰에 고발하겠다."

"지금까지의 대화는 없었던 것으로 합시다."

집요하게 추가 요금을 요구하던 그가 포기한 듯 꼬리를 내렸다. 낙타도 눈치 빠르게 요조숙녀처럼 얌전하게 걸었다. 낙타꾼(?)들의 작은 해프닝이 피라미드의 위대함과 아름다움에 찬물을 끼얹었다. 4500년 전 조상들의 찬란한 문명에 먹칠을 한 것이다. 쿠푸 왕 유령이 회초리를 들어야 할 판이었다.

'피라미드와 낙타, 그리고 스핑크스! 얼마나 멋지고 아름다운 조합인가.' 출발점에 돌아온 나는 요셉 씨의 차를 타고 세 개의 피라미드를 동시에 볼 수 있는 파노라마로 향했다. 멀리 낙타를 타고 사막을 횡단하는 서양 여인들의 모습이 마치 영화의 한 장면 같았다.

낙타를 타고 피라미드 옆 사막을 돌아보는 관광객들

3

오, 이시스와 오시리스여(O, Isis und O'siris)!
이 젊은 부부에게
지혜를 주소서
나그네의 가는 길 조종하고
위험할 때 인내와 힘을 주소서.

모차르트의 오페라 《마술피리》에서 자라스트로와 합창단이 부르는 노래 〈오, 이시스와 오시리스여!〉는 삶과 죽음을 다스리는 이집트 신(神)에게 바치는 노래다. 우리나라에서도 명성을 떨친 《마술피리》는 고대 이집트의 종교의식을 바탕에 깔고 있다. 비단 음악뿐만이 아니다. 쿠푸, 투탕카멘, 람세스 2세 등의 파라오 이름을 역사학자가 아닌 일반인들까지 흔히 알고 있다. 고대 이집트시기에 세워진 기념물들은 세계인들을 매료시킨다. 그중에서도 피라미드에 관해서는 아무리 강조해도 지나치지 않을 만큼 위대하고 신비스럽기 그지없다. 이러한 피라미드는 고대 이집트의 장례문화에서 비롯됐다.

제3왕조의 파라오인 조세르(Djoser)는 사카라(Saqqara)에 그 유명한 계단식 피라미드(Step Pyramid)를 포함한 복합 묘역단지를 건설한다. 제4왕조인 쿠푸·카푸레·멘카우레는 기자에 피라미드와 스핑크스를 세웠고, 그 주위에 왕실 가족과 고위관료들의 대규모 공동묘지

왕실 가족과 고위관료들의 묘지

를 두었다.

역사학자 '조르조 페레로(Giorgio Ferrero)'는 저서 《이집트 고대 문명의 역사와 보물》(김원욱 옮김)에서 피라미드에 대해 이렇게 썼다. 실제로 피라미드의 주변 사막에는 이름 모를 고대인들의 묘지가 즐비했다. 수천 년의 세월이 흐른 오늘도 주인 없는 무덤의 잔재들이 전설 속에 묻혀있는 것이다.

세 개의 피라미드를 한 눈에 볼 수 있는 평지 전망대 '피라미드 파노라마'에 도착했다. "여기에서 봐야 피라미드 세 개를 모

가족 단위로 피라미드에 온 현지인들

두 한 눈으로 볼 수 있습니다"라고 요셉 씨가 말했다. 피라미드 파노라마에 이르자 세 개의 피라미드가 말 그대로 한눈에 들어왔다. 순간 세찬 바람이 몰아쳤다. 때때로 서울을 뒤덮는 미세먼지처럼 바람을 타고 날아온 사막의 모래로 인해 하늘은 뿌연 색깔이었다. 그래도 많은 사람들이 모여들어 각자의 카메라로 세 개의 피라미드를 렌즈에 담기 위해 여념이 없었다. 히잡이나 부르카를 착용한 여성들이 가족들과 함께 피라미드 앞에서 기념 촬영을 했다. 사막 한 가운데에서도 기념품을 팔고 있는 현지인들이 많았다. 과연 이집트 상인들다웠다.

'그 당시 어떻게 피라미드가 만들어졌는가?'는 아직도 명확하지 않다. 학자들의 연구 결과에 의해 가능성만 짐작하고 있을 뿐이다. 그래도 분명 타당성이 있는 방법이 있지 않을까. 조르조 페레로의 저서 《이집트 고대 문명의 역사와 보물》의 내용을 빌어본다.

사카라의 우나스 피라미드 단지에 있는 둑길 벽에 새겨진 일부 장면들로부터 건축 자재의 운반과정을 알 수 있다. 자재들을 배에 실을 때는 매듭과 버팀목을 이용했고, 지상에서 석재를 운반할 때는 나무로 만든 썰매에 실어 밧줄로 끌거나 목재들을 땅에 놓고 그 위에 굴렸다.

이러한 역사적 사실은 또 다른 책에서도 찾아볼 수 있다. '크리스토퍼 히버트(Christopher Hibbert)'의 《도시로 읽는 세계사》에 들어있는 '파라오 시대의 테베' 이야기다.

피라미드들은 헤로도토스의 추정과는 달리 수만 명의 노예가 아니라 홍수기에 마을에 징용된 적은 수의 노동력으로 세워졌다. 이들은 연장과 의복을 지급받았으며, 18명에서 20명 정도로 그룹을 이뤄 쐐기·굴림대·경사로·큰 망치 등의 사용법을 익힌 후, 채석해서 다듬어 놓은 거대한 돌덩이를 채석장으로부터 운반하여 지레를 이용하여 거룻배에 실어 파라오의 건축가가 명령한 정확한 위치로 이동시켰다.

쿠푸 왕의 대 피라미드

　일자리 창출을 위한 노동력 활용이랄까? 타당성 있는 노동력의 동원으로 피라미드가 세워졌을 듯싶다. 거기에 불평이 있을 수 없었을 터. 3천 년간 지속된 고대 이집트의 파라오들은 인력 징발을 조직적으로 활용하는 리더십을 발휘했던 것이다. 오늘을 사는 우리가 눈여겨볼만한 대목이다.

　"이 유리 구두가 딱 맞는 여성과 결혼할 것이다."
　"제가 맞는지 한 번 신어 봐도 될까요?"

　구두는 아주 쉽게 들어갔고 마치 밀랍으로 만든 것처럼 발에 꼭 맞았다. 이때 요정이 나타나 신데렐라의 옷에 지팡이를 휘둘렀다. 옷은 전에 입었던 드레스보다도 더 화려하고 우아하게 변신했다.

얼마 후 왕자는 신데렐라와 결혼식을 올렸다.

17세기 프랑스를 대표하는 동화작가 '샤를 페로(Charles Perrault, 1628~1703)'의 《신데렐라》이야기다. 그런데 신데렐라 이야기와 흡사한 전설이 이미 고대 이집트에 전해지고 있었다고 한다. 소위 이집트 판 신데렐라이다. 세 개의 피라미드 중 가장 작은 멘카우레 피라미드에 대한 전설 속으로 들어가 본다. 이태원의 《이집트의 유혹》을 빌어서다.

옛날 이집트의 어느 마을에 아리따운 소녀가 있었다. 어느 화창한 봄날 독수리가 날아와서 강변에 벗어놓은 소녀의 어여쁜 신발을 물고 멀리 멤피스까지 날아가 버렸다. 독수리는 지쳐서 그만 신발을 떨어뜨리고 말았는데 때마침 숲속을 걷고 있던 파라오에게 떨

세 개의 피라미드 가운데 가장 작은 멘카우레 피라미드

어졌다. 파라오는 신발이 너무 예뻐 그 주인공을 찾아 헤매다가
마침내 소녀를 찾았다. 파라오는 소녀의 아름다움에 반했고, 훗날
왕비로 삼았다. … 그러나 왕비가 병으로 죽고 말았다. 슬픔에 잠
긴 파라오는 죽은 왕비를 위해 작고 아담한 석조기념물을 만들었
다. 그것이 바로 높이가 65m인 아담한 멘카우레 피라미드다.

세 개의 피라미드 중 가장 키가 작은 멘카우레 피라미드에는
이와 같은 애틋한 사연이 담겨있다. 어둠이 깔리는 석양 무렵
이면 때때로 '이 피라미드 근처에 아리따운 소녀가 나타난다'
는 전설과 함께….

4

그리스 중부 테베(Thebes) 지역에 스핑크스(Sphinx)라는 괴물이
살았다.

"아침에는 네 다리로 걷고, 낮에는 두 다리로 걸으며, 저녁에
는 세 다리로 걷는 동물은 무엇인가?"

스핑크스는 지나가는 사람들에게 이러한 수수께끼를 던졌
다. 사람들이 쉽게 답할 수 없는 어려운 질문이라 대답을 망설
이다 보면 여지없이 스핑크스의 밥이 되고 말았다. 그런 이유

로 이곳을 지나가는 사람들은 무서움에 떨었다. 급기야 여왕 '이오카스테(Iocaste)'는 선전포고를 했다.

"이 괴물을 죽이는 자에게 왕위는 물론, 내 자신까지도 바치 겠노라."

드디어 '오이디푸스(Oedipus)'가 나타났다.

"여왕 마마! 제가 스핑크스와 맞서서 수수께끼를 풀어보겠습 니다."
"그래? 그렇게 하도록 하라!"

그 당시 스핑크스는 몸통은 사자를, 얼굴은 여자의 형상을 하고 있었다. 오이디푸스는 스핑크스 앞으로 가서 말했다.

"너의 질문에 대한 답은 사람이다. 어려서는 네 다리로 걷고, 자라면 두 다리로 걸으며, 나이가 들면 지팡이를 짚고 걷는 인 간인 것이다."

오이디푸스가 수수께끼를 풀자 스핑크스는 분에 못 이겨 절 벽 아래로 떨어져 죽었다. 하지만 여기에서 또 다른 슬픈 비극 이 시작됐다. 여왕 이오카스테의 공언대로 오이디푸스는 왕위 에 올랐고, 여왕과 결혼했다. 둘 사이에서 네 자녀가 태어났는 데 테베에 원인을 알 수 없는 극심한 전염병이 돌기 시작했다.

걱정스런 마음에 신전을 찾은 오이디푸스는 여왕 이오카스테
가 자신의 친어머니라는 사실을 알게 되자 스스로 두 눈을 뽑
고 방랑하다가 길에서 죽었다. 충격을 받은 여왕도 자살하고
나머지 자녀들도 왕위를 둘러싼 싸움으로 모두 죽고 말았다.

오! 조국 테베의 거주자들이여,
보라! 이 사람이 '오이디푸스'로다.
그는 그 유명한 수수께끼를 알았고,
가장 강한 자였으니,
시민들 중 그의 행운을
부러움으로 바라보지 않은 자 누구였던가?
하지만 보라.
그가 무서운 재난의 얼마나 큰 파도 속으로 쓸려 들어갔는지.
그러니 필멸의 인간은 저 마지막 날을 보려고
기다리는 동안에는 누구도 행복하다 할 수 없도다.
아무 고통도 겪지 않고서 삶의 경계를 넘어서기 전에는.

시인 소포클레스(Sophocles)가 쓴 전설의 비극 3부곡《오이디
푸스 왕》의 마지막 구절이다. 우리네 인생사, 행복의 끝이 무엇
인지는 누구도 알 수 없으리라.

"이제 카푸레 왕의 거대한 모습을 보러 가시죠."

안내자 요셉 씨는 피라미드 파노라마에서 눈을 떼지 못하고

낙타를 타려는 용기 있는 어린 아이의 귀여운 모습(상)
카푸레 피라미드(하)

있던 나에게 스핑크스를 보러 가자는 말을 이렇게 돌려서 했
다. 내가 돌아서려는 순간 재미있는 볼거리가 있어서 잠시 발
길을 멈췄다. 어린아이가 혼자서 낙타를 타려고 몸부림치는 모
습이 너무나 신기하고 귀여워서다. 사람은 어린 시절부터 환경
의 지배를 받는 법이다. '저 아이가 자라면 아라비아 대상(隊商)
이 되겠구나.'

피라미드 파노라마에서 스핑크스로 이어지는 길

　피라미드 파노라마에서 스핑크스가 자리한 곳으로 내려가는 도로는 아스팔트가 잘 깔려 있었다. 도로에는 낙타를 탄 사람, 말을 탄 사람, 승용차를 탄 사람들의 행렬이 마치 피난민들 행렬처럼 길게 이어졌다. 이 또한 굉장한 볼거리였다.

　거대한 피라미드와 비교해 보면 사람이나 낙타, 말, 자동차를 불문하고 모두 개미처럼 작게 보였다. 나도 이들의 행렬에 섞여서 비탈길을 따라 내려갔다. 드디어 스핑크스의 거대한 조각상 면전에 섰다. 얼마나 감격적인 조우(遭遇)인가.

그동안 사진이나 그림으로만 보던 스핑크스를 직접 만나게 되었다. 다행스럽게도 수수께끼를 내지 않는 무언(無言)의 조각상이었다. 눈은 태양이 떠오르는 동편 하늘을 응시하고 있었다. 스핑크스는 전체의 길이가 약 80m, 높이 20m, 얼굴 너비가 4m나 되는 사자 몸과 사람의 얼굴을 한 위엄 있는 모습이었다. 생각과는 달리 몸통의 군데군데에 보수한 흔적이 있었다. 얼굴도 많이 파손돼 있었다. 특히, 코 부분이 많이 망가져 있었다.

스핑크스의 전체 모습

"파라오의 권력을 상징하는 모습으로 표현된 것입니다. 파손돼서 다소 무섭게 보입니다만, 카프레 왕의 얼굴이라고 합니다."

요셉 씨의 설명이었다. 하지만 쿠푸 왕의 얼굴이라는 주장도 제법 설득력이 있다. 역사학자 조레조 페레로의 저서《이집트 고대 문명의 역사와 보물》에는 다음과 같이 기술돼 있다.

사원 옆에는 고대 이집트의 유물 중 가장 유명하고 불가사의한 대 스핑크스가 있다. 사람의 머리와 사자의 몸을 가진 가공의 존재를 표현한 이 거대한 조각은 기자 평원 암석의 노두를 깎아 만든 것이다. 스핑크스의 얼굴은 카프레 왕이라는 것이 일반적인 견해다. 그러나 최근 쿠푸 왕의 얼굴이라는 설도 제기되고 있다.

코 부분이 망가진 것에 대해서도 여러 가지 설이 있다. '나폴레옹이 이집트에 원정 왔을 때 스핑크스의 얼굴에 대포를 쏘아서 망가졌다'고도 하고, '코가 없으면 부활할 수 없다'는 고대 이집트의 전설을 들은 이슬람 군이 망가뜨린 것이라고도 한다. 《이집트의 유혹》에 나오는 이야기다.

이와 비슷한 견해를 제시한 사람이 또 있다. 선원으로 지중해 여러 나라를 여행하다가 고대사에 흥미를 느끼고 고고학 해설자가 된 '오토 노이바트(Otto Neubert)'는 저서《왕들의 계곡》(이 규조 옮김)에서 다음과 같이 기술했다.

스핑크스의 거대한 모습

모든 스핑크스가 사자의 몸에 인간의 얼굴을 한 것은 아니다. 숫양 머리를 가진 스핑크스도 있다. 인간의 얼굴을 한 스핑크스의 경우에는 언제나 파라오의 모습을 본떠 만들어졌다. 기자에 있는 스핑크스의 얼굴에는 상처가 나 있는데, 전설에 따르면 맘루크(술탄의 근위병) 족이 쏜 대포에 맞아서 생겼다고 한다.

아무리 봐도 궁금증이 커지는 이 스핑크스는 수천 년 동안 모래 속에서 잠을 자다가 우연히 아라비아 대상들에게 발견됐다고 한다. 이 또한 흥미로운 역사의 숨바꼭질이다. 오토 노이바트가 쓴 《왕들의 계곡》을 다시 살펴보자.

1952년 오마르 엘 카와리를 선도자로 하는 대상들이 모래 태풍 속을 걸어서 리비아 남쪽 사구로 향하고 있었다. 근처 언덕 그늘에 들어가 모래 폭풍을 피하던 아라비아 대상들은 태풍에 모래가 날려 머리를 드러낸 조각상을 발견했다.

고대 이집트인들은 스핑크스를 '파라오의 살아있는 모습(Shesep ankh)'이라고 했고, 아랍인들은 '공포의 아버지(Abu al-Haul)'라고 불렀다고 한다. 나는 '공포의 아버지' 편에 한 표를 던지고 스핑크스에게 작별 인사를 했다.

"스핑크스여! 영원하라!"

코가 깨진 스핑크스

5

"이집트의 명물인 전통 시장으로 갑시다. 유명한 '칸 엘 칼릴리 바자르(Khan al-Khalili Bazaar)'입니다."

선택의 여지가 없는 나는 요셉 씨를 따라서 트래픽 대열에 합류했다. 바자르는 중동 지역의 전통 시장을 일컫는다. 바자르에서 딱히 살 물건이 없더라도 돌아보는 것만으로도 흥미로운 문화 체험을 할 수 있다.

바자르는 사전적 의미로 시장(市場)이다. 그러나 더 깊이 들여다보면 다음과 같이 세 가지의 의미로 정리할 수 있다. ① 중근동(中近東) 지방의 시장 ② 시장, 가게, 잡화점, 할인점 등의 역할 ③ 무질서한 곳, 흐트러진 물건들, 잡동사니, 온갖 소지품 등이다.

이 세 가지 중에서 나는 세 번째 의미에 더 많은 점수를 주고 싶다. 바자르는 백화점이나 슈퍼마켓처럼 물품들이 상품화돼 맵시 있게 정돈된 곳이 아니라, 온갖 잡동사니들이 제멋대로 뒹구는 곳이기 때문이다.

터키의 경우도 그러하다. 이스탄불의 '그랜드 바자르(Grand Bazaar)'는 가히 세계적이다. 카이로의 바자르는 이스탄불의 그랜드 바자르보다는 규모가 크지 않겠지만, 이집트의 역사와 문

화가 듬뿍 담겨있을 것이라는 기대가 부풀어 몸보다 마음이 앞
섰다. 하지만 자동차의 흐름은 나의 마음과 반대로 더딘 흐름
을 이어갔다.

　예정된 시간보다 훨씬 많은 시간이 걸려서 겨우 도착한 칸
엘 칼릴리 바자르는 모스크에 둘러싸여 있었다. 요셉 씨가 경
비원에게 통사정을 해서 가까스로 주차장에 들어갔다. 열 살도
되어 보이지 않는 귀여운 여자아이가 주차 안내를 하고 있었
다. 아무리 봐도 집에서 응석을 부릴 나이의 아이였기에 신기
했다.

'아니, 이런 애가 주차 안내를 하다니….' 순간 아랍 최초로 노벨문학상을 수상한 이집트 작가 나지브 마흐푸즈(Naguib Mahfouz, 1911~2006)의 대표작 《게벨라위의 아이들(한국어판 : 우리 동네 아이들)》이 떠올랐다. 나는 요셉 씨에게 물었다.

"요셉 씨! 이 바자르에 나지브 마흐푸즈 카페가 있지요? 거기 한번 들러봅시다."

"아! 그렇지 않아도 거기에 안내할 생각이었습니다. 물담배도 피워보시고…."

차에서 내리자 바자르는 형형색색의 물건들과 피부 색깔, 옷차림이 각양각색인 사람들로 붐볐다. 나는 이색적인 광경에 매료돼 어디에 눈을 맞출지 어리둥절했다.

칸 엘 칼릴리 바자르는 여느 중동 국가들처럼 '모스크'의 뒷골목에 위치했다. 생각대로 무질서했고 가게도, 사람도, 물건도 천방지축 제멋대로 흐트러져 있었다. 그래도 사람 사는 냄새가 물씬 풍기는 살아있는 생명체들의 집단이었다.

칸 엘 칼릴리 바자르의 역사는 맘루크 왕조로 거슬러 올라간다. '바르쿠크(Barquq, 1382~1399)'의 왕자 알-칼릴리(al-Khalili)가 1382년 아라비아 대상들의 숙소를 마련해 준 것에서부터 시작됐다고 한다.

카이로의 모스크

"칸(khan)은 숙박시설을 의미하는 아랍어입니다. 그 후 술탄 '칸수 알-구리(Qansuh al-Ghuri, 1501~1516)'가 이 시설을 더욱 크게 확장했습니다."

요셉 씨가 바자르의 유래에 대해 자세하게 설명했다. 예로부터 아래층 바자르는 보석이나 향료, 실크 등을 판매했고, 위층은 대상들의 숙소로 사용했다. 그 당시에는 낙타나 말을 매어두는 정원도 있었다고 했다. 칸 엘 칼릴리 바자르는 우리의 인사동과 같은 곳이었다. 골동품 거리와 골드시티(gold city), 향수 전문점도 있었다.

"그 옛날 전성기에는 12,000여 개의 상점들이 불야성을 이뤘는데, 지금은 1,500개 정도의 가게들만 남아있습니다. 이들의 호객행위가 거셉니다. 정신 똑바로 차리시기 바랍니다."

요셉 씨의 말이 떨어지기도 전에 그를 반기면서 다가오는 현지인이 있었다. 둘이 서로 껴안고 진한 인사를 나누기에 나는 그들이 오랜 친구사이인 줄 알았다. 오해였다. 서로 처음 보는 사람이었다. 그는 요셉 씨와 나를 상가 2층 으슥한 곳으로 안내했다. 평소에 보지 못했던 파피루스 그림들이 가게에 가득했다. 그는 가격도 말하지 않고 무조건 포장부터 하려고 했다.

선(先) 포장, 후(後) 네고(Nego)? 중동 지방의 바자르는 정가(定價)가 없다. 그것이 바자르의 매력이기도 하지만 대부분 바가지

파피루스 그림을 파는 화랑

를 쓴다. 파피루스 그림들은 대체로 훌륭했다. 하지만 적정한 가격을 가늠할 수 없는 것이 문제였다.

내가 포장을 거부하자 그가 가격을 제시하기 시작했다. 내가 고개를 흔들자 가격은 뚝뚝 아래로 떨어졌다. 요셉 씨가 '그만 나가자'고 눈짓을 보냈다. 현지인은 길을 막으면서 다소 억압적인 강매(强賣) 태도로 돌변했다. 거절이 얼마나 어려웠던지 등에서 식은땀이 주룩 흘렀다. 그래도 그 자체가 흥미로운 체험이었다.

나지브 마흐푸즈 카페는 본디 '오베로이(Oberoi)' 호텔에서 운영하던 전통 식당이었다. 1988년 나지브 마흐푸즈가 노벨 문학상을 수상하자 그의 이름을 딴 카페로 상호를 바꿨다고 한다. 유명세를 탄 이 카페는 그가 생전에 즐겨 다니던 단골집이자 이집트 문인들의 집합 장소이기도 했다.

그래서일까. 소설《게벨라위의 아이들》에 카페 이야기가 많이 나온다. 작가 자신도 '이 소설의 소재를 카페에서 전해 들었다'라고 서문에 썼다.

이제부터 내가 하려는 이야기들은 우리 고을의 이야기들을 엮어 놓은 것이다. 최근에 일어난 일들은 내가 직접 겪었으나 그 밖의 것들은 많은 야담가들이 그들의 아버지나 카페 등에서 전해들은 것이다.

소설의 본문에는 카페의 분위기가 더욱 자세하게 묘사된다.

카페의 분위기는 점점 지루해져갔다. 담배 연기가 구름처럼 모였고 여전히 공기는 담배, 민트, 정향의 향기로 가득 차 있었다. … 계속적으로 기침 소리·농담하는 소리·거친 웃음소리가 들렸다. 고을로부터 몇몇 소년들의 노랫소리가 들려왔다.

게벨라위의 어린이들, 무슨 소식이 있나?
당신들 중 누가 기독교인가요? 아니면 유대교인?
당신들이 드시는 게 무엇인가요? 대추야자 주세요.
마시는 것이 무엇인가요? 커피요.

화려한 색감이 돋보이는 이집트의 카페 골목

소설의 주인공은 고을의 지도자인 게벨라위(Gevelawi, 山사람)이다. 고을의 이름은 그의 이름을 따서 지어졌다. 그의 통치력은 야생 동물까지 몸을 움츠릴 정도였다고 한다. 소설은 억압받는 사람들의 편에 서서 불행한 사람들의 억울함을 호소한다. 소설의 대미(大尾)는 이렇게 결론을 내린다.

밤이 낮에 굴복하듯이 억압은 반드시 사라질 것이다. 우리는 언젠가는 압제의 종말과 기적의 새벽을 볼 것이다.

나는 다른 스케줄이 있었기에 나지브 마흐푸즈 카페를 잠깐 기웃거리다가 차 한 잔도 마시지 못하고 돌아서야 했다. 바자르에는 더욱 많은 사람들이 가족 단위로 몰려들었다. 비둘기들도 평화를 부르짖는 듯 소리를 지르며 무리지어 카이로의 하늘을 맴돌았다.

"게벨라위여! 이 땅의 후손들에게 평화를 안겨주소서!"

바자르에서 장을 보는 사람들

마치는 글

낮설고 외롭고 서툰 길에서 사람으로 대우받는 것. 그래서 더 사람다워지는 것. 그게 여행이라서.

이병률 시인의 여행 산문집《내 옆에 있는 사람》을 펼치자 무릎을 칠만한 문장이 눈에 들어왔다. 과연 시인다운 표현이다. 그러면서 그는 "시인은 정면을 향해 선뜻선뜻 걷는 자이기보다는, 이면의 모서리를 따라 위태로이 걷는 자일지도 모른다"고 했다. 새록새록 가슴에 와 닿는 말들이다.

이 시인의 말처럼 여행은 '낮설고 외로운 서툰 길'이지만 '더 사람다워지는 것' 같다. 여행에는 항상 배움이 따르기 때문이다.

가을과 겨울을 넘나드는 날씨다. 도로변의 은행나무에서 이

파리들이 우수수 떨어졌다. 짓궂은 바람 때문이었다. 낙엽들이
나비처럼 허공을 맴돌더니 길바닥으로 곤두박질했다. 낙엽도
우리네 인생과 다르지 않았다. 나이든 아저씨가 열심히 낙엽을
쓸고 있었다. 내가 말을 걸었다.

"아저씨! 혹시 사진 한 장 찍어도 될까요?"
"맘대로 찍으세요."

나는 '참으로 넉넉한 사람이다'는 생각을 하면서 길을 걸었
다. 순간, 따끈한 커피 한 잔이 생각났다. 가까운 곳에 있는 전
문 커피숍으로 갔다. 휴일의 이른 아침이어서 손님이 없었다.
QR코드는 필수.

"오늘은 뭘 드실래요?"
"음… '룽고(Lungo)'로 주세요."

룽고는 '길다'라는 이탈리아 말이다. 에스프레소를 더 길게
시간을 끌어서 추출한 커피다. 기름이 나오기 전까지 볶은 커
피콩에서 보다 부드러운 맛을 즐길 수 있다. 기름이 나온 뒤에
볶은 커피콩으로 내린 커피는 쓴맛이 더 짙어진다.

'스르륵 스르륵', 바리스타는 20g의 원두를 정성껏 분쇄했다.
그리고 포터필터 안에 커피를 넣고 탬핑해서 머신에 장착했다.
35~40초 후에 35~40ml의 룽고가 추출됐다. 커피 잔이 테이블

위에 놓이기까지 제법 많은 시간이 흘렀으나 그다지 지루하지
않았다.

　아, 커피가 얼마나 달콤한지
　수천 번의 키스보다도 더 달콤하고
　맛 좋은 포도주보다 더 부드럽지
　커피, 난 커피를 마셔야 해
　누가 나에게 한턱 쏘려거든
　아, 내 커피 잔만 채워주면 그만이에요.

　'바흐(Bach, 1685~1750)'의 오페라 《커피 칸타타》의 일부다. 한
번 맛들이면 도저히 끊을 수 없는 것은 예나 지금이나 같은 현
상이 아닌가.

　우리가 갈고, 내리고, 마시는 로스팅한 원두는 과육에 감싸인 씨
앗으로 시작된다. 커피 속의 나무는 종자나무로, 커피체리라고 흔
히 부르는 달콤하고 붉은 열매를 맺는다. … 가공되기 전의 커피
콩은 마치 파이에 넣는 견과류와 비슷하게 생겼다.

　미국의 커피 전문 웹사이트의 창립자 조던 마이켈먼과 재커
리 칼슨이 공동 집필한 《커피에 대한 우리의 자세》의 글이다.
나 또한 같은 생각이다. 실제로 커피 농장에서 직접 경험을 했
기 때문이다.

이러한 커피를 우리는 때론 생각 없이 후루룩 뚝딱 마셔버린다. 하지만 커피는 단순한 기호음료가 아니다. 커피콩 하나하나에는 가난한 원주민들의 삶과 고뇌, 전통과 문화가 눈물처럼 배어 있다. 배에 실려 전 세계를 여행하는 커피콩의 긴 여정도 지난한 삶이다. 생산국에서 수확된 커피 전량이 소비국에 수출되는 것은 아니다. 농산물로서 생산된 커피의 품질을 엄격하게 감정해, 국제 상품으로서 시장에서 거래되기 위한 가치를 판별하는 커피 감정사의 역할이 있어야 한다. 우리는 이러한 배경을 알아야 한다. 그래야 한 잔의 커피에 담겨 있는 깊은 가치를 이해할 수 있다.

문화란 무엇인가. 인류학자 '루스 베네딕트(Ruth Fulton Benedict)'가《문화의 패턴》(김열규 옮김)에서 정의한 글이다.

문화는 개인이 생활을 영위하는데 필요한 원자재를 제공한다. 만일 그것이 빈약하다면 개인은 고통을 당하고, 그것이 풍부하다면 그 기회를 타고 일어설 수 있게 된다.

문화는 곧 삶의 기회를 포착하는 것임을 이해할 수 있다. 그래서 문화가 중요한 것이다. 세계에는 각 나라마다 전통적으로 이어져 내려오는 독특한 문화가 있다. 우리는 문화의 상대성을 인정하고 존중해야 한다. 지배자들은 때론 상대방의 문화를 말살하려고 한다. 자신의 문화에 대한 우월성 때문일 것이다. 그것은 잘못된 생각이다.

서울대 라틴아메리카 연구소 소장 김창민 교수가《스페인 문화 순례》의 서문에서 언급한 내용을 보면 문화에 대한 해석이 분명하게 제시된다.

'우리가 문화의 상대성을 인정하고 겸허히 수용한다'는 것은 우리와 다른 공간에서 삶을 영위하고 있는 타인의 방식을 인정하는 것이고, 그들을 존중하고 사랑하는 인식의 지평이다.

그동안《월간조선》,《주간동아》,《중앙SUNDAY》등 언론에 기고했던 여행기를 바탕으로 사진을 추가하고 느낌을 더한 글을 독자 여러분과 공유하고자 한다. 나의 얕은 경험담이 독자들에게 다소나마 양식이 되기를 바라면서 이 글을 마감한다.

책을 잘 빚어준 도서출판 이른아침의 관계자들과 여행길의 동반자 아내 이상옥에게도 감사의 마음을 전한다. 맛있고 향기로운 커피 한 잔처럼 그윽한 일상의 행복이 늘 함께하기를.

커피 한 잔으로 떠나는 세계 여행

초판 1쇄 발행 2020년 11월 30일

지 은 이   장상인
펴 낸 이   김환기
펴 낸 곳   도서출판 이른아침
주   소   경기 고양시 일산동구 정발산로 24 웨스턴타워 업무4동 718호
전   화   031-908-7995
팩   스   070-4758-0887
등   록   2003년 9월 30일 제313-2003-00324호
이 메 일   booksorie@naver.com

ISBN 978-89-6745-110-3 (03810)